도시 마도사 5

네르가시아 장편소설

초판 1쇄 찍은 날 § 2017년 3월 14일
초판 1쇄 펴낸 날 § 2017년 3월 21일

지은이 § 네르가시아
펴낸이 § 서경석

편집책임 § 최지원

펴낸곳 § 도서출판 청어람
등록번호 § 제387-1999-000006호
등록일자 § 1999. 5. 31
어람번호 § 제1-2652호

주소 § 경기도 부천시 부일로 483번길 40 서경B/D 3F (우) 14640
전화 § 032-656-4452 팩스 § 032-656-4453
http://www.chungeoram.com
E-mail § chungeorambook@daum.net

ISBN 979-11-04-91235-1 04810
ISBN 979-11-04-91082-1 (세트)

도시
마도사

5

네르가시아 장편소설
FUSION FANTASTIC STORY

청어람
도서출판
람

차례

C O N T E N T S

제1장
복수를 위한 준비

딸각딸각.

볼펜 뚜껑을 열었다 닫았다 반복하길 수백 번, 카미엘은 어지간해선 이 행동을 멈출 생각이 없는 것 같았다.

그런 카미엘에게 담배를 손에 끼운 솔로몬이 말했다.

"확실해. 그놈들이야."

"해결사 노릇을 하는 용병단이라……."

"그중에서도 난이도가 높은 요인 암살에만 동원되곤 하지. 악명이 자자해. 자세한 내막이 드러난 적은 없지만 그들이 죽인 사람들의 리스트를 보고 있자면 나도 모르게 탄식이 흘러나올 정도지."

"음."

용병단 '플로이다'는 지금까지 전 세계 각지에서 자행되어 온 민족지도자, 유명 정치인 등의 살해사건과 직, 간접적인 관련이 있었다.

그 숫자가 엄청난 만큼 플로이다에 대한 관심은 높았지만 정작 이들에 대한 정보는 그리 많은 편이 아니었다.

기껏해야 총기를 직접 제작해서 쓴다는 점과 용병단원 전원의 신분이 불확실하다는 것 말고는 특별한 점이 없었다.

솔로몬은 이들의 뒤를 쫓을 방법에 대해서 설명하였다.

"저놈들의 DNA와 지문 등을 인터폴에 보냈지만 조회 결과가 없어. 실버 나이프의 인원 추적 시스템에서도 검색이 되지 않았고. 역시 놈들은 단서를 남기지 않았다는 소리지. 그렇다면 우리가 할 수 있는 방법은 단 하나, 덫을 놓는 것뿐."

"덫이라……."

"성공 확률 100%를 지향하는 놈들이니만큼 자네를 다시 찾으러 올 걸세. 우리는 그때를 노리는 수밖에 없어."

"하지만 놈들도 바보가 아닌 이상 쉽사리 걸려들지는 않을 텐데요."

"당연히 그렇겠지. 하지만 우리가 놈들에 대한 단서를 가지고 있다는 것을 알고 있는 한 추격을 멈추지는 않을 거야."

지금으로선 카미엘이 할 수 있는 일이 제한적이니 솔로몬의 말에 따르는 것 말고는 대안이 없었다.

　"일단 놈들 중 하나라도 생포를 할 수 있다면 사건은 급진전될 것이야. 집중하자고."

　"알겠습니다."

　카미엘과 솔로몬은 주변을 정리하고 덫을 설치하기 위해 움직였다.

*　　　*　　　*

　늦은 밤, 세르비아의 한 농가에 불이 켜져 있다.

　탈탈탈!

　풍력발전기 돌아가는 소리만이 가득한 농가에는 네 명의 남녀가 들어 있었다.

　콧수염을 덥수룩하게 기른 남자가 말했다.

　"시신들은 어떻게 됐나?"

　"아마도 부검에 맡겨지지 않았을까? 그놈들도 당했으니 가만있지는 않을 거야."

　"부디 좋은 곳으로 갔기를……."

　농가에 모인 사람들 중에 홍일점인 붉은 머리의 그녀가 툴툴거리듯 말했다.

"죽고 없는 마당에 무슨 좋은 곳이야? 죽으면 끝이지."

"…마리아."

"그렇잖아? 죽으면 끝이야. 사후 세계에 대한 것은 인간이 만들어낸 허상에 불과해. 인간은 자신이 컨트롤할 수 없는 것에 대한 두려움을 가지고 있거든. 그래서 종교라는 허상을 만들어 낸 거야."

그녀의 말은 편파적이지만 무신론자들의 관점에서 본다면 지극히 당연한 소리였다.

콧수염의 사내와 그녀 사이에 전운이 감도는 가운데 긴 생머리의 남자가 둘 사이를 중재하며 나섰다.

"그만, 작전이 실패했다. 사람 하나 죽은 것으론 끝나지 않을 문제라고."

"음……."

"우리 플로이다에게 실패란 곧 죽음을 뜻한다. 조직의 궤멸이 걱정되는 상황이라는 소리지."

플로이다의 리더이자 전 세계적인 흉악범 메이슨은 한국에서 벌어진 삼척시 일반 가옥 기습의 실패가 조직을 무너뜨릴 것이라 확신했다.

이 사실을 잘 알고 있는 동료들의 입장에선 어떻게든 상황을 타개할 방법을 모색하지 않을 수 없었다.

"하필이면 우리에게 의뢰를 맡긴 그놈이 뒷배 든든한 놈이라는 것이 문제야. 어떻게든 사태를 수습하지 않으면 조만간 린치가 가해질 것이다."

"그래, 놈을 잡아야지. 하지만 어떻게?"

"죽이 되든 밥이 되든 다시 한국으로 가는 수밖에."

"하지만 알다시피 우리의 정예 요원들이 죽었어. 그것도 아주 떼죽음을 당했다고. 그런 놈들이 2차 습격에 대비하지 않을 리가 없잖아?"

"알아. 하지만 그럼에도 불구하고 우리는 임무를 완수해야 한다. 언제나 그랬듯이 말이야."

플로이다는 통상적으로 국가적인 차원에서 의뢰를 받거나 국가를 좌지우지하는 거대한 조직의 의뢰를 받는다.

이는 그들이 암살하는 요인들의 생사가 정치판이나 한 조직의 운명을 결정한다는 소리였다.

한마디로 그들이 임무에 실패하면 의뢰인들이 무사하지 못한다는 소리이니 그들의 실패는 용서될 수 없었다.

"목숨을 건다."

"인원을 대거 투입해야 할까?"

"가능한 수단을 모두 동원해야 할 것이다."

마리아가 손을 번쩍 들었다.

"좋아, 그럼 내가 한국으로 가도록 하지."

"직접?"

"일이 해결되지 않을 때엔 우두머리가 직접 움직이는 편이 좋아. 그렇지 않으면 쉽게 결판이 날 문제도 지지부진하게 되는 경우가 많지."

"그래, 좋은 생각이다."

플로이다는 네 명의 수뇌가 전 세계 각국에 퍼져 있는 살수들을 통제하는 방식으로 움직이는데, 그중에서도 마리아는 첩보전과 잠입에 뛰어난 자질을 가지고 있었다.

아마도 그녀가 한국으로 들어간다면 일전에 치른 작전과는 또 다른 양상을 가져올 수 있을 것이다.

마리아는 즉시 자리에서 일어섰다.

"좋아, 그럼 얘기 끝난 것이지? 난 당장 한국으로 들어갈 채비를 해야 해서 이만."

"예사롭지 않은 놈들이야. 죽을 수도 있다. 그런데도 수뇌가 움직일 텐가?"

"몇 번을 말해? 난 한 말 또 하는 사람을 싫어해."

"…뭐, 본인의 의사가 그렇다면야."

평소 마리아에게 호감을 갖고 있던 네 번째 수뇌 저스틴이 그녀의 한국행을 만류하는 투로 말했다.

그러나 그녀는 저스틴의 말에 흔들릴 여자가 아니었다.

"아무튼 난 간다. 더 이상 지껄이면 앞니를 다 털어줄 거야."

"……."

"작전이 끝나면 연락하도록 하지."

저스틴은 분명 호감형 얼굴이지만 마리아의 눈이 워낙 높기 때문에 저스틴은 성에 차지 않았다.

그렇지만 그는 언젠가 마리아가 자신에게 마음을 열 것이라고 확신했다.

"아름답구나."

"미친놈, 저런 살인마가 뭐가 좋다고 침을 질질 흘리고 있어?"

"뭘 몰라서 하는 소리야. 원래 거친 여자들이 더 짜릿한 법이야. 위험한 여자가 매력적이라는 소리지."

"하느님, 이 어린 양을……."

메이슨은 이제 슬슬 자리를 정리하기로 했다.

"우리도 움직여야 할 때다. 가만히 앉아서 구경만 할 수는 없잖나?"

"당연한 소리."

몰매를 맞아도 웅크려 바보처럼 두들겨 맞는 것을 싫어하는 메이슨으로선 칼을 뽑아 들 수밖에 없는 상황이다.

"받은 만큼 갚아주마."

그의 눈빛이 점점 차갑게 가라앉기 시작했다.

*　　　*　　　*

심연 깊은 곳에 깔린 어둠이 그녀를 감싼다.

스스스스.

카트리나는 자신이 어둠에 흩어져 있다고 생각했다.

'난 죽은 것일까?'

만약 죽음이 있다면 이처럼 끝도 없는 어둠에 속하는 것이 아닐까?

이 세상의 그 어떤 고대 문헌에서도 죽음을 한마디로 정의할 수 없었다.

왜냐하면 죽은 사람은 글을 남기지 못하기 때문이다.

그녀는 이 세상 그 어떤 문헌도 설명하지 못한 죽음에 대해서 이렇게 정의하였다.

'허무하구나.'

남는 것이 없다.

죽음이란 이렇게 어둡고 침침한, 그리고 지독하게 고독한 심연의 연속인 것이다.

그렇게 아등바등 살아봤자 결국엔 이런 허무함만이 남는 셈이다.

도대체 얼마나 긴 세월이 지났을지, 억겁의 세월이 지나 또 다른 세대가 도래했을지 그녀는 알지 못했다.

하지만 그런 끝도 없는 심연에 서서히 빛이 비추기 시작한다.

두근두근!

한차례 태동과 함께 시작된 심연 속의 빛줄기는 그녀의 통각을 일깨웠다.

"우웨에에에엑!"

오장육부를 가득 채우고 있던 축축하고 찐득찐득한 액체가 그녀의 목구멍을 타고 흘러나왔다.

그녀는 게슴츠레한 눈으로 자신이 토해놓은 물질을 바라보았다.

"……"

정신이 멍했다.

도대체 자신이 왜 이런 토사물을 내뱉어놓는 것인지도 인지할 수 없었다.

마치 바보 천치가 된 양 멍하니 서 있던 그녀에게 낯선 목소리가 들려왔다.

"깨어나셨군요."

"……?"

"반갑습니다. 저는 국방과학연구소의 허선선 박사라고 합니다."

"선선……"

"그래요, 선선. 조금 특이한 이름이죠?"

그녀는 고개를 갸웃거렸다.

"여기는……?"

"말씀드렸다시피 국방과학연구소라는 기관입니다. 한국에 위치해 있지요."

"한국?"

허선선 박사는 그녀의 눈동자에 라이트를 비추어 보았다.

보통은 모르는 사람이 불빛을 비추면 인상을 찡그리거나 고개를 돌리겠지만 그녀는 미동조차 하지 않았다. 아니, 그렇게 할 수가 없었다.

"동공이 수축하지 않는군요. 의식은 있는데 신체 반응이 없다……."

카트리나는 뭔가 이상하다는 생각을 했다.

'몸이 말을 듣지 않는군. 그리고……'

그녀는 자신이 어떻게 이곳까지 온 것인지, 그리고 어디서 온 것인지조차 기억하지 못했다.

그제야 카트리나는 자신이 스스로에 대한 기억을 잃었다는 것을 자각하게 되었다.

"내 이름이… 뭐지?"

"으음? 아무런 기억이 나지 않나요?"

"내가 왜 이곳에 있는 것이지?"

"글쎄요. 당신의 지인께선 아무런 말이 없으셨습니다. 그냥 아주 잘 아는 사이라고만 말씀해 주셨으니까요."

"지인?"

"당신을 이곳으로 데리고 온 사람 말이에요. 김두이 씨. 두이 씨 몰라요?"

그녀는 고개를 가로저었다.

당연한 소리이지만 카트리나는 김두이라는 사람이 누구인지 기억할 수 없었다.

허선선 박사는 차트에 카트리나의 상태를 꼼꼼하게 기록하였다.

약간의 정신착란, 혹은 기억상실 증세를 보임.
의식은 있으나 신체 반응이 눈에 띄게 저조한 편임.

차트를 덮은 허선선 박사는 무전기를 들었다.

"허선선입니다. 이송을 좀 부탁드릴게요."

그녀가 무전으로 카트리나의 이송을 종용하고 있을 때에도 흐릿한 카트리나의 시선에는 변함이 없었다.

어쩌면 정신적인 타격을 입고 심각한 외상을 겪고 있는지도 몰랐으나 지금으로선 그 어떤 결론도 내릴 수 없었다.

무엇보다 본인이 기억을 잃었으니 뭐라 단정을 지을 수가 없었던 것이다.

잠시 후, 들것을 든 남자 네 명이 모습을 드러냈다.

"이분을 생리연구병동으로 옮겨주세요."

"예, 알겠습니다. 다른 약은 처방하지 않습니까?"

"일단 신경외과 교수들을 초빙해 보고 결정하도록 하죠."

"알겠습니다."

들것에 실려 나가는 동안에도 카트리나는 걸쭉하고 찐득찐득한 액체를 온몸으로 뱉어내고 있었다.

뚝, 뚝.

기분 나쁜 질감의 액체가 바닥을 적셔 눅진하게 만들었다.

"이게 뭐지? 무슨 분비물 같기도 하고."

"환자가 큐브 안에서 나왔다잖아. 아주 정상일 리는 없지."

그녀는 눈을 번쩍 떴다.

"큐브?"

큐브라는 단어를 듣자마자 그녀는 몸을 떨기 시작했다.

순간, 그녀의 눈동자에 순백색 이기가 서렸다.

"으으으……!"

"화, 환자가 폭주합니다!"

"폭주?"

허선선 박사는 재빨리 그녀의 상태를 진단했다.

쿵쾅, 쿵쾅!

그녀의 심장이 터질 듯이 세차게 뛰고 혈류가 비정상적으로 흘러 신체 리듬이 깨지기 시작했다.

허선선 박사는 신경안정제를 정맥에 주사하였다.

그러자 그녀의 몸이 빠르게 진정되었다.

"하아, 하아!"

"뭔가 있어. 이 사람들, 정체가 뭐야?"

사태가 진정되었으니 이제 그녀를 옮겨야 할 것이다. 하지만 허선선 박사는 들것에서 그녀를 다시 실험실로 옮겼다.

"그냥 이곳에 두세요. 관찰을 좀 해봐야겠으니."

"예, 알겠습니다."

허선선 박사는 조금 복잡한 눈으로 그녀를 바라보았다.

＊   ＊   ＊

경기도 안성 휴게소에 검은색 고급 승용차 한 대가 들어선다.

부르르릉!

차가운 공기가 내려앉은 이른 새벽이라 그의 등장이 유난히도 눈에 띄었다.

잠시 후, 고급차로 검은색 야구 모자를 푹 눌러쓴 남자가 다가왔다.

그는 멈추어 선 차에 노크를 했다.

똑똑.

유리창을 빠끔히 연 중년이 그에게 짧게 한마디를 건넸다.

"타세요."

"…네."

차 문을 열고 안으로 들어간 그의 앞에는 국회의원 김진태가 앉아 있었다.

김진태는 하바나산 시거를 입에 문 채 그를 바라보았다.

"……."

약간의 정적, 그리고 이어진 김진태의 한마디에 사내의 얼굴이 와락 일그러졌다.

"실패했다면서요?"

"예."

"지금 시국이 어느 때인데 일을 그르치고도 멀쩡히 돌아다닐 생각을 하십니까? 그러고도 살아남기를 바라요?"

"그건……."

김진태는 시거로 사내의 눈두덩을 지져 버렸다.

치이이이익!

"크아어윽!"

"눈알을 지져 버리고 싶었지만 참는 겁니다. 시국을 똑바로 쳐다보지 못하는 그런 눈알, 달고 다녀서 뭐에 쓰겠어요?"

"…죄송합니다."

"죄송?"

김진태는 그의 뺨을 힘껏 후려쳤다.

짜악!

한 대, 그리고 또 한 대가 사내의 얼굴에 닿았다.

짜악!

입가에서 피가 흘러내리고 얼굴이 서서히 부어올랐지만 사내는 아무런 말도 하지 못했다.

그저 죄인처럼 고개만 푹 숙이고 있을 뿐 별다른 행동을 하지 못했다.

"살고 싶어요?"

"기회를 주신다면 실망시키지 않겠습니다."

"사람 하나 죽이는 것이 그리 어려웠다면 도대체 왜 내 밑으로 들어온 겁니까?"

"생각보다 일이 복잡하게 되었습니다. 놈의 배후에 뭔가 있는 것 같아요."

"그래요, 배후에 뭔가 있죠. 그러는 당신의 배후엔 뭔가 없어요?"

"……"

"용병단에 퍼준다고 가져간 돈도 꽤 되고 당신이 집안 살린다고 가져간 돈도 적지 않습니다. 받은 것이 있으면 최소한 실망은 시키지 말아야죠."

"이번엔 저들도 위기의식을 느꼈을 겁니다. 다시는 실패하는 일 없을 겁니다."

김진태는 그의 손바닥에 시거를 비벼 껐다.

치이이이익!

"으, 으으으윽!"

"기회는 자주 오지 않습니다. 명심하세요. 앞으로 두 번의 기회는 오지 않는다는 것을."

"명심하겠습니다."

사내의 혈액으로 시거가 꺼질 때쯤, 김진태의 수행 비서가 차량의 문을 열었다.

철컥!

그는 다시 한 번 야구 모자를 고쳐 쓴 후 곧바로 차에서 내렸다.

김진태는 그런 그를 바라보며 읊조렸다.

"열이 머리까지 뻗치는군. 저런 놈을 살려두어야 하는 내 상황도 참……"

"조금만 참으시지요. 저놈의 끈이 닿은 놈들은 세계 최고입니다. 그놈들이 실패했다는 것은 저쪽도 만만치 않다는 소리입니다."

"그건 핑계가 안 됩니다. 일의 성공 여부는 사람의 정신 상태에 달린 것이니까요."

그는 차량 시트에 몸을 묻었다.

"후우, 피곤하군요. 집으로 갑시다."

"예, 알겠습니다."

김진태의 수행 비서는 그대로 차를 몰아 휴게소를 빠져나갔다.

*　　　　*　　　　*

늦은 밤, 서울의 한 달동네로 검은색 야구 모자를 눌러쓴 청년이 올라오고 있다.

뚜벅뚜벅.

그의 힘겨운 발걸음이 향하는 곳에 희미한 불빛이 일렁이는 가로등이 서 있다. 그리고 그 가로등 아래엔 하얀 얼굴의 여자가 그를 바라보고 있었다.

"이제 오는 거예요?"

"날이 추워. 왜 나와 있는 거야?"

"당신을 기다렸어요."

창백한 여자의 얼굴을 앞둔 남자의 얼굴이 서서히 일그러졌다.

"미련하긴."

"미안해요. 그냥 걱정이 되어서……."

"네가 아픈 것이 더 힘들어. 그걸 왜 몰라?"

"…다시는 이러지 않을게요."

그는 자신의 겉옷을 벗어 여자에게 건넸다.

"입어. 집에 들어갈 때까지 몸을 좀 덥히라고."

"안 돼요. 당신이 감기에 걸리면……."

"사람이 말하면 좀 들어!"

여자는 쓴웃음을 지었다.

"미안해요. 나 때문에 당신만 힘들어지네요."

"…알면 좀 말을 잘 듣든가."

남자는 여자의 손을 잡고 달동네 중턱에 있는 집으로 향했다.

그는 화를 낸 것이 조금 미안했던지 잡은 손에 힘을 주었다.

"오늘 뭐 했어?"

"뜨개질을 좀 해봤어요. 아랫집 언니가 부업으로 뜨개질 일거리를 가져다주었는데 심심하지 않고 좋더군요."

"또 무리를 했어?"

"아니요. 그냥 삼 일에 목도리 하나쯤? 그리 많지는 않아요."

"무리하지 마."

"알겠어요."

오순도순 손을 잡고 도착한 산비탈 중턱의 판잣집은 바람만 불어도 쓰러질 정도로 허름하였다.

그렇지만 두 사람은 이 집에 들어와 몸을 녹이는 것만으로도 행복해졌다.

"따뜻하죠? 미리 연탄을 갈아놓았어요."

"잘했어. 그런데 평소에도 좀 연탄을 써. 나 없다고 매일 춥게 지내지 말고. 그게 몸에 얼마나 안 좋은지 잘 알잖아."

"네, 그럴게요."

남자의 이름은 철수, 여자의 이름은 영희이다.

철수는 나이 스물에 영희를 만나 5년 동안 열애하다가 결혼 하였다.

두 사람이 결혼까지 오는 데 수많은 만남과 헤어짐이 있었지 만 그들은 결국 자신들만의 사랑을 지켜냈다.

천애고아인 남자와 술주정뱅이 아버지, 사기꾼 어머니를 둔 여자가 만든 사랑은 생각보다 견고하였다.

그렇지만 세상은 그들의 편이 아니었다.

천애고아에 배운 것도 없는 철수의 아내 영희는 겨우 스물여 섯의 나이로 난치성 혈액질환을 앓게 되었다.

철수는 자신이 가진 모든 것을 병 치료에 쏟아부었으나 나아 질 기미가 보이지 않았다.

그녀는 일주일에 두 번 이상 혈액투석을 받지 않으면 혈액이 응고되어 사망에 이르는 무서운 병을 가졌다.

뚜렷한 치료법도 없고 특효약도 없었다.

그저 버티고 또 버티면서 언젠가는 병세가 나아지기만을 기 다리는 수밖에 없었다.

물 새듯 줄줄 새는 병원비를 감당하느라 철수는 하루에 두 시간씩 자면서 일을 했지만 결국 빚에 빚이 꼬리를 물어 판자촌 쪽방까지 내몰리게 된 것이다.

이런 가정을 꾸려 나가는 철수의 어깨는 무겁기만 하고 살림은 나아질 기미가 보이지 않았다.

"그나저나 우리를 돌봐주신다는 그 의원님은 잘 만나고 왔어요?"

"응."

"고아원 친구들과 함께 일한다면서요? 그분들은 잘 있고요?"

"하던 일이 잘 안 되었어."

"아아……."

"하지만 조금만 기다려. 이 집에서 곧 나가게 해줄게. 이제 우리도 남들처럼 행복하게 잘 살 수 있어."

그녀는 고개를 가로저었다.

"여보, 난 괜찮아요. 이런 집에서 산다고 해서 불행한 것은 아니에요. 나에겐 어찌되었든 당신이라는 대단한 기둥이 있잖아요? 난 어디서 어떤 모습으로 살든 상관없어요. 당신만 있다면 그 어떤 고생도 마다하지 않을 수 있어요."

"…고마워."

철수는 배운 것 없이 자라 먹고살기가 참으로 막막한 사람이었다.

그래서 열일곱에 고아원을 나와 살면서 돈이 될 만한 일이라면 가리지 않고 닥치는 대로 해댔다.

그때 철수는 사람을 죽이고 없애는 사람들과 그들을 고용하는 사람들을 이어주는 브로커를 자처했다.

돈은 꽤 짭짤하게 벌렸지만 이건 정말 사람이 할 짓이 아니었다.

철수는 아내를 만나 가정을 꾸리면서 그 일을 접었지만 가세가 너무 급격하게 기우니 아무리 철수라도 어쩔 도리가 없었다.

그는 결국 고아원 친구들 중에서 살인 청부를 하는 친구들의 소개로 김진태의 일을 중개하게 되었다.

하지만 김진태는 그가 가진 이름값답게 어지간한 해결사들로는 일의 해결이 불가능했다.

그는 전 세계 최고의 해결사 집단을 섭외하였다.

인맥을 총동원하여 찾아낸 그들은 스페셜리스트 중에서도 최고로 손꼽히는 사람들이었다.

잘만 하면 또다시 큰돈을 만질 수 있을 터였다.

철수는 단 한 번, 이 한 번으로 인생의 역전을 꿈꾸었다.

그러나 철수의 이런 꿈은 단 한 방에 무너지고 말았다.

'하지만 한 번의 기회는 남아 있다.'

철수는 포기하지 않았다.

자신이 몸 바쳐 사랑한, 그리고 앞으로도 영원히 사랑할 그녀를 위해서라면 못 할 짓이 없었다.

그는 아내의 손을 꼭 잡았다.

"내가 호강시켜 줄게. 지금까지 병치레에 가세까지 기울어서 힘들었잖아. 난 당신이 힘든 것이 세상에서 제일 싫어. 이젠 더 큰 병원에서 치료도 받고 그것도 안 되면 외국으로 나가서 치료도 받아보자고. 분명 차도가 있을 거야."

"고마워요. 하지만 난⋯⋯."

"당신은 이제 걱정하지 마. 그냥 나만 믿고 따라와."

"알겠어요. 당연히 당신을 믿고 따를게요."

철수는 따뜻한 방에 누워 팔을 폈다.

"이리 와."

"네."

그녀를 품에 안은 철수는 지금 자신을 옭아매고 있는 모든 시름이 싹 달아나는 것 같았다.

영희가 철수에게 사랑을 속삭였다.

"사랑해요."

"나도."

두 사람은 이렇게 나란히 누워 서로의 체온을 나눌 때가 가장 행복했다.

지금 이 순간은 이 세상 그 어떤 무엇보다 소중하여 억만금을 준다고 해도 바꿀 수 없었다.

철수는 다시 한 번 마음속으로 다짐했다.

'반드시 지켜낼 것이다. 반드시!'

그는 아내를 안고 스르르 잠에 빠져들었다.

제2장
살아야 하는 이유

이른 아침부터 카미엘의 고물상으로 사람들이 찾아왔다.

"계십니까?!"

땡땡땡!

대문에 달린 종을 마구 흔든 그들의 앞에 부스스한 얼굴의 카미엘이 다가왔다.

"…아침부터 무슨 일이시죠?"

"고물을 좀 팔려고 왔습니다. 사장님 되십니까?"

"네, 그런데요."

"이번 주 주말에 삼척항으로 대량의 고철이 들어옵니다. 원래는 울산산업단지로 곧장 가지고 갈 예정이었는데 운항에 차질이 생겨서 부득이 삼척으로 들어오게 된 것이죠."

"그런데 왜 저에게 고철을 판다는 겁니까? 울산으로 간다면서요."

"원래는 그들에게 판매해야 하지만 공장이 급한 안건을 수주하여 시일을 맞춰야 하는 바람에 다른 곳에서 철을 조달했답니다. 그래서 어쩔 수 없이 이곳에서 고철을 처분하고 다시 돌아가야 하거든요."

카미엘은 고개를 갸웃거렸다.

"그렇다고 해서 그 많은 고물을 고작 구멍가게에 판다고요? 내가 돈이 그렇게 많은 사람 같아요?"

"고철값은 천천히 주셔도 됩니다. 우리는 고철을 보관하는 보관비가 부담스러워 그러는 것이거든요. 값은 시세에서 조금 낮게 쳐주셔도 상관없고요."

그는 고개를 저었다.

"으음, 싫어요."

"싫다니요?"

"그렇게 많은 고물은 받을 수가 없으니까요."

"하하, 생각보다 그릇이 작은 사람이시네요."

"그릇의 크기는 겉보기로 판단하는 것이 아닌데요?"

그들은 카미엘에게 총을 겨누었다.

철컥!

"뻔뻔하군. 아직도 이곳에 발을 붙이고 있을 생각을 하다니 말이야."

"이런, 처음부터 고철을 팔기 위해 온 것이 아니었던 모양인데?"

"네놈도 우리가 처음부터 고철을 팔기 위해 온 것이 아니라는 사실을 알고 있지 않았나?"

"당연하지. 네놈들이 보기엔 내가 짱구처럼 보이나?"

카미엘은 조만간 플로이다가 이빨을 드러낼 것이라고 생각하긴 했지만 그 시기가 생각보다 빨랐다.

설마하니 아침 댓바람부터 이렇게 저돌적으로 들어올 것이라곤 생각지 못했다.

"그나저나 매너도 없는 놈들이군. 사람이 최소한 밥은 먹고 싸워야 할 것 아닌가?"

"그거야 네놈 사정이고. 지금까지 밥을 처먹고 살았으면 됐지 뭘 더 바라나? 못 먹은 것은 저세상에서 마저 먹으면 된다."

"저세상에서의 식사라니, 네놈이나 많이 처먹어라."

두 세력이 팽팽한 긴장감을 유지하고 있을 무렵, 플로이다의 살수들 뒤로 하나둘 검은 그림자들이 자리를 채워 나가기 시작한다.

저벅저벅!

얼마나 사람이 많으면 걸음 소리가 고물상을 가득 채울 정도였다.

"꾸역꾸역 많이도 데리고 왔군그래."

"우리는 한번 죽여야 한다고 생각한 사람은 무조건 죽여야 직성이 풀린다. 그게 세상 이치이기도 하고."

"허, 미친놈들. 사람을 꼭 죽여야 직성이 풀린다는 것은 도대체 어디서 나온 발상이냐?"

"우리의 신념이다."

카미엘은 발록 블레이드를 뽑아 들었다.

챙!

어디선가 불쑥 튀어나온 검을 바라보며 살수들이 약간 놀란 모습을 보였다.

하지만 그것은 채 1초를 못 갔다.

"재주를 좀 부리는군."

"부릴 줄 아는 재주가 좀 많은데. 어때? 한번 구경해 볼래?"

"개소리 그만하고 이제 그만 죽어라."

철컥!

일제히 장전되는 권총들을 향해 카미엘이 검을 치켜세웠다.

척!

살수들은 그를 이해할 수 없다는 듯이 쳐다보았다.

"뭐야? 미친놈인가? 총 앞에 칼을 들이대?"

"길고 짧은 것은 대봐야 아는 것 아닌가?"

"그래, 한번 대보자!"

살수들이 카미엘을 향해 마구 총알을 갈겨댔다.

탕탕탕탕!

카미엘은 재빨리 앞으로 신형을 쭉 뽑아내면서 검을 내질렀다.

휘릭!

검이 지나간 자리에는 어김없이 혈액이 낭자하여 사방에 꽃을 피웠다.

푸하아아악!

"이, 이런 제기랄!"

"겨우 일타다. 이것 가지고 놀라면 나중엔 도대체 어쩌려는 것인가?"

카미엘의 일타가 뻗어 나간 후엔 곧장 신형을 좌로 회전시켜 검의 소용돌이를 만들어냈다.

강렬하게 소용돌이치는 그의 검기에 살수들이 속수무책으로 죽어나갔다.

퍼버버버벅!

"크허어억!"

"잡아라! 검을 든 놈을 총으로 못 쏴 죽인다는 것이 말이 되는 소리인가?!"

살수들이 더욱 맹렬하게 공격의 고삐를 당겼다.

타다다다당!

메케한 화약 연기가 자욱하게 피어올라 피아 식별이 불가능할 정도로 연사해 대던 살수들이 하나둘 탄창을 갈았다.

철컥!

카미엘은 재장전하는 그들에게 회전하면서 생긴 원심력에 마나를 실어서 쏘아 보냈다.

그 일격은 공기의 흐름마저 뒤틀리게 할 만큼 강력해서 소닉붐 현상까지 만들어낼 정도였다.

부우우웅, 콰아아앙!

"크아아악!"

물리적으론 도저히 말이 안 되는 공격이었지만 카미엘은 실제 하였고, 그것을 눈으로 목격한 이들은 경악을 금치 못했다.

"이, 이게 도대체 말이 되는 광경인가?!"

"…빌어먹을! 인간이 아니라 몬스터 아닌가? 우리가 뭔가 잘못 알고 있는 것 아닌가?!"

"그래, 순순히 잡히지 않을 것이라는 사실은 익히 알고 있었다."

카미엘은 잠시 공격을 멈추고 살수들을 바라보았다.

"이렇게 처맞고도 또 덤빌 생각을 한다고?"

"그래봤자 피와 살로 이뤄진 생명체 아닌가? 천하의 몬스터도

총에는 장사가 없지."

잠시 후, 카미엘의 심장 부근으로 총알이 날아왔다.

피용!

그 총알은 카미엘의 왼쪽 가슴에 틀어박히고 말았다.

퍼억!

"크헉!"

"후후, 그래, 네놈이 아무리 날고 기어봤자지!"

가슴에서 피를 분수처럼 뿜어낸 카미엘은 왼손으로 터진 상처 부위를 꾹 눌러 지혈하였다.

"허억, 허억!"

"잡아라!"

카미엘은 고물상의 골목길로 무작정 달리기 시작했다.

"놓치지 마라! 놓치면 네놈들의 목숨도 없다!"

"예!"

울창한 대나무 숲을 가로질러 가는 카미엘의 얼굴과 팔뚝에 하나하나 생채기가 생기기 시작했다. 그리고 그 생채기는 또다시 피를 뱉어내 대나무 숲 곳곳에 흔적을 남겼다.

살수들은 굳이 그의 신형이 손에 닿지 않아도 도주 방향을 파악할 수 있었다.

"후후, 괴물이고 뭐고 가슴팍을 얻어맞았으니 이제는 독 안에 든 쥐나 다름없다! 더욱 바짝 쫓아라!"

"예!"

봉황산 끝자락을 향해 내달리던 카미엘은 불현듯 방향을 바꾸어 삼척 앞바다를 향해 뛰었다.

파밧!

경사가 진 산을 달려서 내려간다는 것은 결코 쉬운 일이 아니다.

봉황산은 나무가 꽤 빽빽하게 자리 잡은 산이기 때문에 도로가 아닌 야산으로 내려가게 되면 한 발자국 떼는 것도 쉽지 않다.

카미엘이 뛰어내린 산길을 따라서 내려가는 살수들의 팔다리에 수풀과 나뭇가지들이 몰매를 때려댔다.

퍽퍽퍽!

"크으윽!"

"이 자식, 일부러 이곳으로 도망친 것이구나! 하지만 상관없다! 저놈도 우리와 비슷한 처지일 것이 아닌가?!"

추격전에 있어선 일가견이 있는 그들이기에 카미엘을 잡는 것은 그리 어려운 일이 아닐 것이라 생각하였다.

그렇지만 그의 신형은 생각만큼 그리 쉽게 잡히지 않았다.

쏴아, 쏴아!

마치 스키를 타듯이 산비탈을 미끄러져 내려가는 카미엘의 뒤를 따르는 살수들이 하나둘 나무에 걸려 떨어져 나갔다.

퍼억!

"크허억!"

가을과 겨우내 떨어져 쌓인 낙엽에 미끄러진 살수들이 나무에 부딪쳐 쓰러지는 가운데 추격은 계속되었다.

차갑고 매서운 바람이 불어올 찰나, 카미엘은 마침내 도로에 닿을 수 있었다.

빠앙!

도로를 쌩쌩 내달리는 차량들과 조우한 카미엘은 곧바로 자전거 전용도로에 세워진 차로 향했다.

차 안에는 키가 꽂혀 있고 주인은 들어 있지 않았다.

카미엘은 주저 없이 차량을 타고 도망치기 시작했다.

부아아아아앙!

"저런 개자식이?!"

사람이 아무리 빨라도 차를 따라잡기는 힘드니 이대로는 추격이 불가능해졌다.

살수들을 통제하던 리더가 무전기를 들었다.

"마리아 님, 놈이 차를 타고 도주하였습니다!"

―나도 알아. 머저리 같은 놈들 같으니. 그 많은 인원이 한 놈을 못 잡아서 이 난리인가?

"면목 없습니다!"

―면목 없는 것을 알면 내가 추후에 내릴 벌에 대해서도 잘

알고 있겠군.

"…각오하고 있습니다."

—그래, 단단히 각오하는 것이 좋을 것이다.

"예."

잠시 후, 카미엘이 탄 차량으로 탄환이 날아들었다.

피융!

탄환이 차량의 펜더를 뚫고 들어갔다.

펜더를 뚫고 들어간 총알은 차량의 서스펜스에 적중하여 달리던 차가 중심을 잃고 뒤집어지는 상황까지 만들었다.

쿵, 콰아앙!

사람들이 뒤집어진 차량을 피하여 도망쳤다.

"까아아아아악!"

"차가 뒤집어졌다! 어서 119를 불러요!"

뒤집어진 차에선 오일이 새어 나오고 있었는데 그것은 자칫 잘못하면 큰 사고로 이어질 수 있었다.

더군다나 차에 갇힌 사람을 구하는 것이 쉽지 않았기 때문에 모두 멀리서나마 사태를 지켜볼 수밖에 없었다.

그런 가운데 그녀의 탄환이 한 번 더 빛을 발했다.

피융!

탄환은 가솔린이 새어 나오는 자리에 명중하여 불꽃을 만들어냈다.

그러자 차량에 불이 붙었다.

화르르르르륵!

"어, 어어어?!"

"어서 피해요! 잘못하면 차가 폭발하겠어요!"

구경을 하던 사람도, 신고를 하던 사람들도 멀찌감치 피신하여 현장에서 멀어지기 바빴다.

이제 충분히 차가 폭발할 상황이 되었지만 그녀는 여기서 만족하지 않았다.

차가 폭발할 때까지 기다리기보다는 몇 발이고 더 차를 타격하여 그 시간을 앞당긴 것이다.

핑핑핑!

결국 인화성 물질에 불이 붙어 차량이 폭발하기에 이르렀다.

콰아아앙!

다행히 사람들이 피신하여 인명 피해는 없었지만 대로변에서 차가 폭발했다는 것은 적지 않은 충격으로 다가올 수밖에 없었다.

그제야 용병들은 다시 철수할 채비를 차렸다.

"제1 목표물 제거되었습니다. 고생 많으셨습니다."

─모자란 놈들, 굳이 내가 나서서 상황을 처리하게 만들어야겠나?

"죄송합니다. 주시는 벌은 달게 받겠습니다."

─일단 돌아가서 얘기하지. 돌아가는 길은 각자 알아서 정하
도록.

"예, 알겠습니다."

살수들은 오던 산비탈로 다시 되돌아갔다.

　　　　　*　　　　　　*　　　　　　*

정라항 대로변에서 사고가 터져 소방차들이 몰려들었다.

위이이잉!

온 동네가 시끄럽게 들썩여 산비탈 위에까지 그 소리가 가득
했다.

그런 산비탈 사이로 검은 그림자 하나가 빠르게 움직이고 있
었다.

사사사삭!

언뜻 보기엔 산짐승처럼 보이기도 했지만 워낙 움직임이 빨
라서 제대로 분간하기가 쉽지는 않았다.

어슴푸레 드리운 어둠을 부유하듯 움직이던 그림자는 이내
공중으로 붕 떠올랐다.

파밧!

그 움직임은 신묘하고 기민하였으며 체공하는 순간에는 감탄
과 탄성을 자아내게 하기에 충분하였다.

높게 떠오른 그림자는 한 지점을 향해 날아갔다.

"날짐승이 있나?"

"이런 야산에는 그럴 가능성이 있지."

그림자는 산비탈을 내려가고 있는 플로이다의 살수들에게 발톱을 드러냈다.

서걱!

"쿨럭쿨럭!"

"데, 데이비슨?!"

스치고 지나갈 때마다 어김없이 혈액을 쏟아내는 그림자는 인간의 내면 깊숙한 곳에 있는 공포감을 극대화시켰다.

목덜미의 경동맥이 깔끔하게 잘려 나가 피를 게워내고 있는 동료를 버린 살수들이 미친 듯이 달리기 시작했다.

"도, 도망쳐!"

"이런 제기랄! 도대체 뭐가 어떻게 된 거야?!"

어둠과 그림자는 인간의 본능적인 공포를 자극하는 가장 원초적인 존재라고 할 수 있다.

한데 그런 그림자가 살인까지 저지른다면 인간은 이성적으로 행동할 수 없을 것이다.

"허억, 허억!"

거친 숨을 내쉬며 산비탈을 내달리던 네 명의 살수 중 한 명의 목이 하늘 높이 치솟았다.

펴억, 푸아아아악!

"끄, 끄아아악!"

"사, 사람 살려! 사람 실려!"

지금까지 수많은 사람을 죽여온 살수들에게도 공포라는 감정은 숨길 수가 없는 것이다.

비명까지 내지르며 달리는 살수들이건만 결코 검은 그림자를 피할 수는 없었다.

이번에는 살수 중 한 명이 옆구리에 깊은 창상이 생겨 창자와 체액을 쏟아냈다.

"커흐윽!"

"으아아악, 으아아아악!"

창자에 가득 찬 내용물이 사방으로 흩어져 인간의 이성을 완전히 앗아가 버렸다.

이제는 인간이 아닌, 그저 죽음을 두려워하는 동물로 변해버린 그는 하나하나 켜지는 가로등 아래로 미친 듯이 달려갔다.

"허억, 허억! 이런 씨발, 씨발!"

인간은 공포감의 원인인 어둠이 사라지면 심신의 안정을 되찾기 때문에 지금 저 불빛은 이 살수에게 있어선 일종의 동아줄이라고 볼 수 있었다.

하지만 그 동아줄은 오히려 조금 더 큰 공포를 불러일으키고 말았다.

"어둠은 빛을 이길 수 없다. 뭐, 아주 틀린 소리는 아니지."

"허, 허억! 네놈은 고물상······?!"

"김두이라고 한다. 죽을 때 죽더라도 내 이름은 기억하고 죽는 편이 나을 것 같아서 말이야."

"사, 살려······."

살수의 턱에 틀어박힌 카미엘의 검이 단 일격에 숨을 앗아가 버렸다.

퍽!

턱이 사라진 살수는 이내 무너져 내렸지만 아직까지 신경이 살아 있어 눈동자가 좌우로 마구 움직였다.

아마도 그는 지금쯤 극도의 공포와 불안으로 제정신이 아닐 것이다.

"공포는 죽음과 직결되어 사람의 마음을 쥐락펴락하곤 하지. 네놈이 지금까지 자행한 악행을 곰곰이 곱씹으면서 인생을 되돌아보아라."

카미엘은 이내 신형을 감추었다.

*   *   *

봉황산 산비탈을 내려오던 마리아의 무전기에 다급한 목소리가 들려온다.

―파앗! 마리아 님, 유닛 50명이 사라졌습니다!

"뭐라?!"

그녀는 걸음을 멈추고 무전에 조금 더 귀를 기울였다.

"무슨 소리인지 차근차근 얘기해 봐라. 어떻게 갑자기 50명씩이나 사망을 하나?"

―저도 어떻게 된 영문인지 모르겠습니다! 무슨 그림자가 사람을 죽였다고 하는데, 정확한 사태 파악이 안 됩니다!

"이런 빌어먹을!"

살수 한 명의 능력은 일반적인 용병 열 명과 맞먹는 엄청난 수치이다. 그런 그들이 떼로 몰살을 당하는 것은 좀처럼 일어나기 힘든 일이었다.

마리아는 기타 케이스에 갈무리해 둔 대물용 저격총을 다시 꺼내 들었다.

철컥!

"설마하니 놈이……?"

일반적인 소총과는 사정거리가 비교도 되지 않을 정도로 길며 파괴력 또한 상상을 초월한다.

그녀가 삼척 대로변에서 차량을 저격하여 피격에 성공한 것도 무려 4㎞ 밖에서 사격한 것이다.

괴물 같은 정확도와 파괴력을 가진 저격총에 맞으면 결코 살아서 돌아갈 수 없었다.

그러나 지금 이 상황을 설명할 수 있는 경우의수가 없었다.

그녀가 스코프로 지켜본 바에 의하면 적어도 놈은 인간의 범주를 한참이나 벗어난 사람이었기 때문이다.

"그놈 역시 생체 병기인가?"

제아무리 뛰어난 성능을 가진 소총이라고 해도 사수의 능력이 뒤떨어지면 4km 밖에서의 저격은 절대 성공할 수가 없다.

그녀는 몬스터의 신경 체계를 일부 이식하여 극도의 집중력과 기민함을 가진 생체 병기로 다시 태어났다.

물론 그 과정에서 엄청난 고통이 뒤따르긴 했지만 그래도 그 결과는 상상 이상이었다.

그녀의 집중력은 목표물을 놓치는 법이 없었고 백발백중의 성과를 보여왔다.

마리아는 고개를 가로저었다.

"아니야. 아무리 괴물이라고 해도 우리의 저격총에 맞고 살아서 돌아다닐 수 있는 생명체는 없다. 저놈들에게 뭔가 있는 거야."

그녀는 부하들에게 집결 명령을 내렸다.

"포인트 브라보로 집결한다. 최대한 신속하게 집결하라."

―예, 알겠습니다.

포인트 브라보는 봉황산 끝자락에 위치한 곳이며, 위아래로 시계가 자연스럽게 확보되는 지역이기 때문에 적과의 싸움에서 유리한 고지를 점할 수 있었다.

처음 그녀가 사격한 곳도 바로 이 자리이고, 포인트 브라보라면 그를 충분히 제압할 수 있을 터였다.

그녀는 다급한 마음에 두 발을 내저었다.

파바밧!

마리아는 100미터를 6초에 주파하는 가공할 만한 신체 능력을 가진 생체 병기이며 그것을 최대한 효율적으로 사용할 수 있는 집중력을 가졌다.

만약 지금 당장 놈과 조우한다고 해도 패배하지 않을 자신이 있었다.

사격 능력뿐만 아니라 백병전에서도 발군의 능력을 발휘하는 그녀는 백전불패의 살수이기 때문이다.

산비탈을 날다람쥐처럼 뛰어 올라가는 소리가 분산되어 있었지만 아주 작은 소리 하나 놓치지 않았다.

바로 그때, 그녀의 귓가에 조금 이질적인 소리가 들렸다.

쉬이이이익!

"이놈, 잡았다!"

마리아는 소리가 들린 곳으로 방아쇠를 당겼다.

피융!

소음기를 통해 발사된 총알이 정확하게 검은색 물체에 닿았다.

하지만 놀랍게도 놈은 총알을 튕겨냈다.

티잉!

"허, 허억!"

"그런 장난감으로 나를 죽일 수 있으리라 생각했나?"

검은 그림자가 서서히 다가와 그녀의 머리통을 후려쳤다.

퍼억!

"크으윽!"

단 일격이었지만 머리가 깨질 정도로 아팠다.

신체 능력이 증강되면서 맷집 역시 타의 추종을 불허할 정도로 오른 그녀에게 있어 지금과 같은 충격은 놀라움 그 자체였다.

위이이잉!

그녀는 골이 좌우로 흔들려서 눈앞을 똑바로 바라볼 수가 없었다.

"제기랄!"

중심을 잃고 비틀거리던 그녀는 자신의 발이 땅에서 떨어져 몸이 공중으로 붕 떠오르는 것을 느낀다.

쫘드드득!

상대가 멱살을 잡고 한 손으로 들어 올린 것이다.

마리아는 자신을 노려보는 악귀와 마주하였다.

"상대를 잘못 골라도 한참 잘못 골랐다. 감히 손자 손녀를 건드려? 네놈들의 심장으로 피죽을 쑤어 먹어주마."

"네, 네놈은……."

"결코 평온한 죽음은 아닐 것이다. 내가 그것을 허락지 않을 것이거든."

그는 마리아의 안면에 펀치를 찔러 넣었다.

빠악!

"꼬르륵……."

결국 그녀는 정신을 잃고 말았다.

*　　　*　　　*

마리아가 다시 눈을 떴을 때, 그녀는 손발이 묶인 채로 차에 실려 있었다.

스르르르릉.

대형 SUV임에도 불구하고 소음이 전혀 없고 진동을 느낄 수 없어 차에 탄 것인지 침대에 누워 있는 것인지 분간을 할 수 없었다.

카미엘은 그녀가 눈을 떴다는 것을 직접 보지 않고도 귀신처럼 알아챘다.

"눈을 떴군."

"나를 어디로 데리고 가는 건가?"

"적당한 곳으로. 이제 보니 네년은 사람이 아닌 것 같더군. 내가 본 반인반수 중에서도 그런 괴물이 하나 있긴 했지."

"…묻는 말에 대답이나 해라. 어디로 데리고 가는 것인가?"

"말하지 않았나? 적당한 곳이라고."

포박을 당해 끌려가는 것이 난생처음인 그녀로선 이 느낌이 생소하면서도 더럽기 그지없었다.

"이러고도 무사할 것이라고 생각하는 건가?"

"후후, 나와 겨뤄보고도 그런 소리가 나오나? 너 같은 쓰레기 백만 명을 데리고 온다고 해도 나를 이길 수 없다. 그게 바로 세상 이치라는 것이지."

"……"

그녀는 방금 전 자신이 평생 겪어본 그 어떤 상대보다 훨씬 강하고 빠른 자와 겨루었다.

만약 그녀에게 조금 더 다양한 무기가 있었다면 싸움이 몇 수 길어졌을지는 몰라도 결코 승산이 있는 싸움은 아니었다.

마리아는 이 남자의 말이 허풍이 아니라는 사실을 가슴속 깊이 깨닫고 있었다.

"정체가 뭐냐? 생체 병기냐?"

"내가 그렇게 더러운 쓰레기로 보이나?"

"그럼 그 말도 안 되는 능력은 도대체 어떻게 설명할 것인가?"

"시체에게 설명까지 해야 하나? 이제 곧 죽을 년에게 해줄 말은 없다."

지금까지 수많은 사람의 목숨을 빼앗아오면서 그녀 역시 언젠가는 이런 결말을 맞이할 것이라고 예상했다.

그녀는 실소를 흘렸다.

"훗, 그래, 곧 죽겠지. 언젠가는 목숨이 달아날 것이라고 생각하긴 했다. 하지만 지금처럼 허무하게 죽을 것이라곤 생각도 못했지."

"이 세상에 허무하지 않은 죽음은 없어. 아무리 나라를 구하다 장렬하게 전사를 한다고 해도 그 인생은 마지막인 것이다. 또 다른 시작이 없는 끝은 허무하게 마련이지."

그녀는 사람을 죽이면서 생을 영유해 온 스스로에게 어울리는 죽음은 바로 이런 것이 아닐까 생각했다.

"그래, 칼로 흥한 자, 칼로 망한다고 했지."

"잘 아는군."

잠시 후, 카미엘의 차량이 한적한 시골의 농가에 멈추어 섰다.

"다 왔다. 이제 네 대가리와 몸통이 분리되는 일만 남았다."

"어차피 죽일 것이라면 빨리 죽이라고 말해도 그렇게 할 리가 없겠지. 그런가?"

"당연한 소리를 하는군."

"……."

농가에 도착하니 벌써 서너 명의 남자가 대기하고 있었다.

그들은 차에서 내린 카미엘에게 다가와 하이파이브를 건넸다.

짜악!

"역시 대장은 한다면 하는 성격이라니까."

"대단해. 도대체 평소에 뭘 먹고 살면 그렇게 되는 거야?"

"뭘 먹긴, 너희들과 같이 밥 먹잖아?"

"아아, 그건 그렇지."

"그냥 이 괴물딱지가 약한 것뿐이야. 운이 좋았던 것이지."

그들은 그녀의 팔에 링거를 꽂고 그 안에 노란색 약물을 주입하였다.

푸욱.

이 노란색 약품은 몬스터를 사냥해 본 사람이라면 아주 잘 아는 약품이다.

"…몬스터용 안정제?"

"잘 아는군. 사람만 죽인 것이 아니라 몬스터도 사냥한 것인가?"

그녀는 인간을 죽일 때 찾아오는 괴로움을 달래기 위해 몬스터를 사냥하며 살던 시절이 있었다.

혼자서 수렵을 하면서 산중 생활을 했는데, 그때 그녀도 자신이 잡을 수 없는 몬스터와 마주하면 이런 신경제를 총으로 쏴놓고 도망치곤 했다.

"사람에게 몬스터용 신경안정제라니, 발상이 특이하군."

"네년이 사람이라면 이런 약품을 쓰지 않겠지. 몬스터에게 몬스터용 약물을 쓰는 것이 특이하다니, 뭔가 착각하고 있는 것 아니야?"

"잠이 덜 깼나?"

"큭큭, 그런가?"

설마하니 이런 시골에서 안정제를 맞고 괴물 취급이나 당할 줄은 꿈에도 몰랐다.

약이 슬슬 몸으로 퍼지면서 그녀는 나른해짐을 느꼈다.

"후우……."

"약 냄새가 고약하군. 몬스터의 혈청으로 만들어진 것이라 그런가?"

"뭐, 그게 아니라면 원래 몬스터의 입에서 나는 냄새가 이런 것일 수도 있고."

"아아, 그런가?"

카미엘은 링거에 또 다른 약품을 주사하였다.

푸욱.

그녀가 고개를 갸웃거렸다.

"그건 또 무슨 약이냐?"

"발작 유도제."

"뭐, 뭐라고?"

"발작 유도제 말이야. 하루에 스물네 번씩 발작해 봐. 그 고통이 아마 남다를 것이다."

"…이, 이런 미친놈들이?!"

"그럼 우리는 이쯤에서 빠져주겠다. 고통을 즐겨보라고."

순간, 그녀의 몸이 빳빳하게 굳으면서 상상 이상의 고통이 밀려오기 시작했다.

"우, 우우우욱!"

태어나 처음 그녀는 공포라는 것을 맛보았다.

제3장
강림

고문 나흘째, 마리아의 몰골이 부쩍 수척해졌다.

"후우, 후우."

"지독하군."

그녀는 자백 유도제, 발작 유도제까지 카미엘과 솔로몬이 사용할 수 있는 모든 약물을 투여했음에도 불구하고 입을 열지 않았다.

카미엘이 그녀에게 원하는 대답은 바로 그녀의 배후에 대한 것이었다. 그렇지만 그녀는 배후나 조직에 대한 얘기는 일절 꺼내지 않았다.

그는 마리아의 얼굴에 손을 가져다 댔다.

갸름하고 백옥처럼 고운 그녀의 얼굴이 여위어 전쟁 난민을 보는 듯 애처로운 생각도 들었다.

"더 이상 이곳에서 괴로워할 필요 없다. 이제 그만 네가 아는 것들을 말하고 편하게 떠나라."

"…뭐라?"

그녀는 걸쭉한 침을 툭 내뱉었다.

"퉤!"

타악!

카미엘은 나흘 동안 약에 절어 노폐물이 한가득 쌓인 그녀의 침을 손으로 스윽 닦았다.

그녀는 광기 어린 눈동자로 카미엘을 바라보며 웃었다.

"큭큭큭큭! 씨알도 먹히지 않는 소리를 지껄이는군! 차라리 내 살가죽을 벗겨 소금에 절여 죽여라! 더러운 놈 같으니! 그런 치졸한 꼼수로 나를 굴복시키려 한다면 너는 하류 중의 하류 인생에 불과하다! 너 같은 하류에게 해줄 말은 이것뿐이다!"

마리아는 카미엘에게 중지를 들어 보였다.

"엿이나 처먹어라."

"…정도가 심한 년이군."

카미엘은 지금까지 살아오면서 고문이라든지 유도 심문을 몇 번 해보았을지 스스로 가늠조차 할 수 없을 정도이다.

몬스터가 창궐하면서부터 시작된 수많은 내전과 폭동을 진압하기 위해 벌인 전쟁 속에서 카미엘은 서서히 적응해 나갔던 것이다.

하지만 그런 고통의 세월을 버텨온 카미엘이 보기에도 마리아의 굳은 심정은 엄지를 척 세워줄 만했다.

그는 마리아에게 주사하려던 약품을 담은 캐리어를 발로 툭 밀어서 옆으로 보내 버렸다.

"그래, 네년에겐 고문이나 회유가 통하지 않을 테지. 조직의 수장이라는 사람이 함부로 입을 열 것이라고 생각한 내가 바보였다."

"큭큭, 잘 아니 다행이군. 이제라도 깨달았으면 집에 들어가서 발이나 닦고 자빠져 자라."

카미엘은 그녀에게 자신의 팔에 달린 통제기를 보여주었다.

스릉!

통제기는 오래된 농가의 창문 틈 사이로 쏟아져 내리는 햇살을 받아 영롱한 빛을 냈다.

그는 통제기를 그녀의 머리쯤에 가져다 대며 말했다.

"내가 가끔 골수 테러리스트들을 대면할 때 사용하던 방법이 뭔지 알아?"

"그건 또 무슨 개소리야?"

"바로 통제기의 이식이다."

"……?"

"이 통제기가 뭐냐면 술자가 통제기를 이용하여 영혼을 가두고 그것을 통하여 힘을 얻어낼 수 있는 중요한 수단이지. 이 통제기에서 파생된 각종 기계가 내 몸에 이식되어 있다. 한마디로 나는 인조인간이라는 뜻이다."

"개소리도 그 정도면 수준급이군. 아주 소설을 쓰지그래?"

"개소리인지 아닌지는 시간이 지나보면 알 것이고."

카미엘은 그녀에게 신경안정제를 주사하였다.

푸욱.

"으으윽……."

"푹 쉬어라. 조만간 새로운 세계를 맞이하게 될 테니."

그녀는 주사를 맞고 아주 편안하게 잠들었다.

*   *   *

삼척 고물상의 고철 더미 너머에 가려진 카미엘의 비밀 연구실에 불이 켜져 있다.

슥삭, 슥삭.

카미엘은 실톱으로 몬스터의 뼈로 만들어진 아주 얇은 철판을 자르는 중이다.

이 철판은 몬스터 코어로 만들어진 특수한 용액에 닿았을 때만 그 조직이 흐물흐물해져 절단이 가능했다.

그 이외의 모든 것은 절대로 이 철판을 자르거나 녹일 수가 없었다.

카미엘은 작은 직사각형 모양으로 철판을 잘라 대략 담뱃갑 크기의 상자를 만들어냈다.

"후우, 드디어 다 되었군."

그가 사용한 실톱에는 일명 '오리하루콘' 판금을 녹일 수 있는 용액을 도포하는 호수가 연결되어 있었다.

톱질을 하면 호수에 달려 있는 스위치가 켜져 알아서 적당한 양의 용액이 흘러나오게 된다.

이 용액을 사용하지 않는 한 절대로 녹일 수 없는 오리하루콘 판금 성형은 한 치의 오차도 있어선 안 되기 때문에 고도의 집중력이 필요했다.

한참을 가만히 앉아 판금을 자르고 붙이는 작업을 이어나가던 카미엘이 무려 다섯 시간 만에 자리에서 일어섰다.

우드드득!

"허리가 굽는 줄 알았네."

쪼그려 앉은 상태에서 오랫동안 작업을 했더니 온 삭신이 쑤시는 느낌이다.

카미엘은 이제 이 상자 안에 몬스터 코어를 가공하여 만들어 낸 통제기 부품을 조심스럽게 넣어놓았다.

통제기 안에 들어가는 부품들은 그가 한땀 한땀 정성스럽게 손으로 만들어낸 것이다.

이제 이것들이 인간의 심장과 연결되면 카미엘처럼 특수한 능력을 손에 넣게 되어 있다.

하지만 그가 만들어낸 통제기는 일반적인 통제기와는 종류가 약간 달랐다.

지금 이 통제기는 인간이 영혼을 통제하는 것이 아니라 영혼이 인간을 통제하는 방식이었다.

통제기가 뇌에 직접 연결되면 그 신경 체계를 통제기가 장악하여 그 안에 있는 영혼이 신체를 컨트롤하게 되는 것이다.

이 방식은 카미엘이 예전 골수 테러리스트들에게 사용하던 방식으로 결코 고쳐지지 않는 폭력성과 광기를 잠재우기 위하여 옛 성인의 제자들을 강림시키던 것이었다.

그렇게 되면 하루에도 몇 번씩 미쳐 날뛰던 광인들도 아주 차분하고 정갈하게 바뀐다.

조금은 비인도적이지만 사람이 사람을 죽이는 것보다는 훨씬 나은 방법이었다.

그는 이 통제기 안에 자신이 가진 영혼석을 하나 끼워 넣을 생각이다.

딸깍.

자신의 통제기 상부를 연 카미엘은 그 안에서 노란색 영혼석

을 하나 꺼냈다. '

이 노란색 영혼석엔 카미엘이 수집한 몬스터 중에서도 그의 말 한마디면 목숨까지 바칠 수 있는 존재가 들어 있다.

그는 영혼석을 작은 통제기 안에 넣으려다가 잠시 손을 멈추었다.

"…잘못해서 내가 귀찮아지면 어쩌지?"

카미엘이 들고 있는 이 영혼석은 그를 신랑이라고 생각하여 매일 조공을 바치던 노스트리아의 것이다.

노스트리아는 자신이 몬스터라는 것을 자각하지 못한 채 카미엘을 졸졸 쫓아다니며 끈질기게 구애하였다.

덕분에 그녀가 미쳐 날뛰면서 피해를 준 전장은 빠르게 복구되었지만 그만큼 카미엘이 감내해야 할 귀찮음은 이루 말로 표현할 수가 없었다.

"으음, 그래도 지금 가장 안전한 방법은 이것뿐이니 어쩔 수 없지."

지금 당장 성인의 영혼을 수집한다는 것은 어불성설이다. 그만한 영혼을 수집하는데 걸리는 시간이 하루 이틀이 아니기 때문이다.

카미엘은 과감히 영혼석을 설치하였다.

철컥!

그러자 통제기 밖으로 한차례 짧은 스파크가 일었다.

치지지직!

"제대로 연결되었군."

이제부터 통제기는 장착되는 이의 몸에 영혼석 주인을 강림시켜 신체를 통제하게 될 것이다.

카미엘은 통제기를 들고 마리아가 잠들어 있는 창고로 향했다.

*   *   *

통제기를 연결하는 것은 상당히 간단한 일이다.

만드는 과정 자체가 복잡한 것이지 연결하는 것은 그저 버튼 몇 번만 누르면 끝이 난다.

카미엘은 통제기를 부착할 부위를 결정하고 그곳에 기기를 가져다 댄 후 흡착 버튼을 눌렀다.

딸깍.

통제기 바닥에서 수백 개의 날카로운 침이 튀어나와 그녀의 뇌하수체와 영혼석을 직접 연결시켜 주었다.

이제 남은 것은 통제기가 그녀의 몸을 잠식하기만을 기다리는 일이다.

스스스스!

통제기가 그녀의 몸을 만나자마자 기다렸다는 듯이 뇌하수체를 점령하고 나머지 감각기관을 빠르게 재구성해 나갔다.

이것은 마리아가 이제는 오로지 노스트리아가 된다는 뜻이고, 동시에 마리아의 지식과 기억이 그녀에게 이양된다는 뜻이기도 했다.

뚜두두둑!

이번에는 그녀의 뇌가 노스트리아에 맞게 최적화됨에 따라서 두개골의 변형이 일어났다. 그리고 그와 동시에 뇌가 조금 커지면서 용량도 늘어나 두뇌의 비약적인 발달이 이뤄졌다.

이제 그녀는 인간의 범주를 벗어나 그 이상의 존재로 거듭날 것이다.

노스트리아의 뇌가 자리를 잡게 됨에 따라서 그녀의 골격이 변할 것이고 각종 장기들까지 변화를 일으켰다.

꿀렁, 꿀렁.

마치 부풀어 오른 풍선처럼 아무렇게나 일렁거리던 그녀의 신체가 드디어 안정을 찾아갔다.

이제 드디어 그녀가 새롭게 태어난 것이다.

잠시 후, 그녀가 눈을 떴다.

"…카미엘?"

"눈을 떴군."

자리에 누워 있던 노스트리아가 빙그레 미소를 지었다.

"어머나?! 내가 살아서 움직이잖아?!"

"통제기를 사용해서 어떤 광녀의 몸에 너를 강림시켰다."

"오호호! 광녀에 광녀라니, 조합이 아주 좋군."

카미엘은 특유의 미친 웃음을 흘려대는 그녀에게 경고했다.

"내가 너를 인간의 몸에 강림시킨 대신에 조건이 있다."

"뭔데?! 뭔데?!"

"절대로 내 허락 없이는 사람을 해치거나 죽여선 안 된다. 만약 그랬다간 곧바로 영혼을 소멸시킬 것이다."

"물론이지!"

"그리고 마지막으로 또 하나, 인간의 룰에 따라서 살아갈 것. 절대로 인간의 범주를 벗어나는 짓을 해선 안 된다."

"알겠어!"

그는 마지막으로 그녀에게 조건 하나를 더 걸었다.

"앞으로 너는 내 편이다. 그러니 나를 배신하는 일이 없어야 한다."

노스트리아가 슬그머니 미소를 지었다.

"제일 쉬운 조건을 걸었군. 잊었어? 나는 네가 원한다면 통제기 안에서 몇천 년을 썩어도 좋아. 실제로 내 영혼을 바쳤군."

"…피치 못할 사정이 있었다. 이제는 더 이상 그런 선택을 하지 않을 것이다."

그녀는 카미엘에게 악수를 청하였다.

"그래, 믿어. 이렇게 다시 만났으니 악수 한번 하자. 괜찮지?"

"당연하지. 인간과 인간이 만났으니 당연히……."

노스트리아는 카미엘의 손을 잡아 자신이 있는 방향으로 확 당겼다.

팟!

방심하고 있던 카미엘의 몸이 갸우뚱하면서 그녀의 위로 엎어졌다.

"허, 허억!"

"쓰으으음, 하아! 이게 도대체 얼마 만에 맡아보는 향기인가?!"

"…또 시작이군."

"무슨 조건을 걸어도 좋아. 이렇게 당신을 가까이서 보고 만질 수 있다면 목숨도 기꺼이 바치겠어."

카미엘은 그녀에게 식사를 제안했다.

"아무튼 간에 인간이 되었으니 밥이나 좀 먹으러 가자고."

"밥?"

"이 세계에선 밥을 주식으로 삼아. 쌀로 지은 밥 말이야."

"아하, 그렇군."

"뭐, 전 세계 각 나라에선 그 특색에 맞는 식사를 하지만 우리는 그것을 통칭 밥이라고 부르지."

그녀는 실소를 흘렸다.

"후후, 그런데 카미엘, 나도 이 세계의 지식이 있어. 그 정도는 알고 있다고."

"아참, 그렇군."

"가만있어 보자. 한국의 동해안에는 뭐가 유명한가? 이곳이 삼척 인근이지?"

"한가운데라고 할 수 있지."

"그럼 홍게를 먹자. 언젠가 TV에서 홍게찜을 먹는 장면을 본 것 같아."

카미엘은 조금 황당하지만 그녀의 반응이 재미있어서 미소를 지었다.

"훗, 몬스터이던 네가 홍게를 찾으니 좀 이상하군."

"그러면 안 되는 건가?"

그는 고개를 저었다.

"절대 그럴 리가 없지. 게가 먹고 싶다면 게를 먹으러 가자 고."

"오케이! 고고!"

노스트리아는 카미엘의 손을 꼭 잡았다.

"홍게, 홍게!"

"그런데 원래 네가 먹을 것을 좋아했던가?"

"아니."

"그래? 하지만 어쩐 일인지 무척이나 신이 나 보이는군."

그녀는 자신의 머리를 툭툭 치며 답했다.

"이 몸의 원래 주인이 먹을 것이라면 아주 환장을 했던 것 같더라고. 그 영향이 나에게 미친 것이지."

"아아, 그렇군."

"오늘 아주 항구에 있는 홍게를 내가 모조리 해치워 주겠어!"

"그래, 먹고 싶은 만큼 마음껏 먹어."

"오호호, 가자!"

카미엘은 그녀와 함께 정라항으로 향했다.

*　　　*　　　*

정라항 홍게 거리에 위치한 '안동댁 홍게찜'에 카미엘과 노스트리아가 자리를 잡았다.

우드득!

가위도 필요 없고 그냥 손으로 게 뚜껑을 열어서 쉴 새 없이 내장과 살을 먹어치우고 있는 그녀를 바라보며 안동댁이 감탄사를 연발했다.

"이야, 이야, 이야!"

이곳에 온 지 불과 10분 만에 홍게 열다섯 마리를 먹어치운 노스트리아는 아직도 한참이나 더 먹을 것이 필요한 것 같았다.

그녀는 열다섯 마리째 되는 홍게를 절반쯤 먹어치웠을 무렵 손을 번쩍 들었다.

"홍게 추가요!"

"네, 알겠습니다! 지금 가요!"

카미엘은 그녀의 엄청난 식성에 감탄할 수밖에 없었다.

"대단하군. 무슨 푸드파이터를 보는 것 같아."

"이 정도는 별것 아니지. 아직 우리는 서비스로 나오는 막회와 게라면을 먹어보지도 못했잖아? 딱지비빔밥도 못 먹었고 게살볶음밥도 그렇고."

"그, 그걸 다 먹을 수 있겠어?"

"물론이지. 당연한 소리를."

정라항 특산물인 홍게를 먹으면 막회와 라면, 비빔밥, 볶음밥이 무료로 제공된다.

게를 먹으려 왔다가 막회와 비빔밥 등에 반해서 그것만 따로 찾는 사람이 있을 정도로 별미라 인기가 높은 편이다.

그녀는 어디서 그런 지식을 얻었는지 서비스까지 놓치지 않았다.

"이모, 딱지비빔밥 지금 주세요!"

"네, 알겠어요!"

주방에선 게를 찜기에 찌면서 그와 동시에 게 내장을 넣고 비빈 비빔밥을 게딱지에 담아서 내왔다.

지금 그녀가 먹은 15개의 딱지 위에 가득 채운 녹황색 비빔밥

은 보는 사람으로 하여금 군침을 질질 흘리게 할 정도로 먹음
직스러웠다.

"오오, 실물로 보니 더 반갑군!"

비빔밥에 화룡점정인 참기름과 김 가루, 계란 노른자까지 넣
은 그녀는 그것을 슥슥 비벼서 홍게 된장찌개와 함께 먹어치우
기 시작했다.

"후후훅, 쩝쩝!"

"확실히 먹을 줄 아는 여자였어. 내가 이곳에서 생선 배를 따
면서 질리게 먹던 것이 홍게인데 너보다 더 잘 먹을 자신이 없
어."

"후후, 당연하지. 이 인간이 먹을 것을 좋아하기도 하지만 나
는 원래 몬스터야. 식탐은 인간에 비할 바가 아니라고."

"으음, 그런 식탐 때문에 인간과의 전쟁이 벌어진 것이구나."

"생존을 해야 하니까."

노스트리아 정도의 몬스터는 한 지역을 지배하는 왕이나 영
주 같은 존재라서 그 휘하에 거느리는 부하가 상당히 많았다.

그녀는 부하들과 그 새끼들을 먹여 살리기 위하여 기꺼이 목
숨을 걸고 전쟁을 벌인 것이다.

우두머리의 고충을 그 누구보다 잘 아는 존재가 바로 그녀라
는 소리이다.

노스트리아는 곡식과 동물을 잡아먹음으로써 생명을 연장

할 수 있다는 것에 무엇보다 큰 행복감을 느끼는 것 같았다.

"목숨을 걸고 싸우지 않아도 먹이를 얻을 수 있다니. 만약 몬스터가 농사를 지을 수 있었다면 그와 같은 일은 벌어지지 않았을지도 몰라."

"그래, 이 세상의 모든 전쟁은 금과 식량 때문에 일어나지. 인간과 몬스터도 별반 다를 것이 없을 거야."

비록 카미엘의 세상은 멸망하였지만 그 일이 왜 일어났는지 스스로도 잘 알고 있다.

조금 씁쓸하지만 그것은 어쩌면 자연의 섭리인지도 모른다.

잠시 후, 그녀의 앞에 또다시 잘 쪄진 홍게 한 마리가 대령되었다.

"홍게 나왔습니다!"

"와아! 감사합니다!"

홍게집 사장 안동댁이 환하게 웃는 그녀를 바라보며 말했다.

"그나저나 이렇게 예쁜 아가씨가 잘 먹고 싹싹하니 아주 보기가 좋네. 둥이네, 애인이야?"

"아닙니다. 그냥 동료입니다."

"어머나, 이런 여자가 옆에 있어 줘야 나중에 살맛이 나는데. 먹성 좋은 여자치고 요리 못하는 여자 없거든."

"하하, 그렇습니까?"

"그리고 이렇게 엄청난 미인을 또 어디서 얻겠어? 안 그래?"

노스트리아는 그녀에게 깊이 고개를 숙였다.

"그런 좋은 평가 감사합니다. 이모도 절세미인이세요."

"호호, 고마워!"

그녀는 안동댁의 귀에 살며시 입을 가져다 댔다.

"…그리고 우리는 그렇고 그런 사이예요. 제가 이미 저 사람에게 몸과 영혼을 모두 바쳤거든요."

"어머나, 정말?!"

카미엘은 멀리서 그 얘기를 듣다가 먹은 것을 모두 다 토해낼 뻔했다.

"허, 허억! 그게 무슨 말도 안 되는 소리야?!"

"맞잖아? 너에게 영혼도 바쳤고 이번에는 몸까지 바칠 건데?"

"그, 그건……."

"싫어? 싫으면 그냥 갈까?"

그는 속으로 이를 갈았다.

'제기랄, 당했다!'

그녀는 카미엘을 이 세상에서 그 누구보다 사랑하기 때문에 이런 얘기가 정말 아무렇지 않게 나오는 것뿐이다.

그 어떤 저의나 악의는 없었지만 정작 당사자인 카미엘은 정신이 번쩍 들 정도로 당황하였다.

"험험! 아무튼 빨리 먹고 가자고."

"응!"

    안동댁은 조금 음흉한 미소를 지으며 카미엘의 옆구리를 쿡 쿡 찔렀다.

    "이야, 둥이네, 안 그렇게 생겨선 아주 난봉꾼이야?"

    "그, 그런 것이 아닙니다!"

    "듣자 하니 보육교사 아가씨와도 그렇고 그런 사이라고 하던데?"

    "예?!"

    "아닌가?"

    "아니요, 그런 것이 아니고……."

    "아아, 그럼 저 아가씨는 세컨드, 그 아가씨는 본처? 그렇게 되는 건가?"

    안동댁의 말도 안 되는 추리에 노스트리아가 기름을 붙였다.

    "난 그래도 괜찮아. 몇 번째이건 당신 곁에만 있으면 되니까."

    "어머나, 정말 그런 거였어?!"

    카미엘은 고개를 푹 숙였다.

    '망했어. 난 망했어.'

    어쩐지 카미엘의 어깨가 축 처져 힘이 하나도 없어 보였다.

    그녀는 아주 환하게 웃으며 말했다.

    "자기는 안 먹어?"

    "…많이 먹어. 난 괜찮아."

    "그래!"

카미엘은 쓴웃음을 지을 수밖에 없었다.

*   *   *

늦은 밤, 카미엘과 노스트리아가 해변의 카페에 마주 앉아 커피를 마시고 있다.

그녀는 만족스러운 표정으로 에스프레소를 한 모금 넘겼다.

"으음, 좋아! 역시 식후에는 에스프레소지."

"원래 마리아의 고향이 어디야?"

"프랑스."

"그렇군."

노스트리아는 커피 잔을 내려놓았다.

"프랑스에서 온 마리아는 이 커피를 무척이나 사랑하는 여자였어. 지금도 그렇지만."

"그렇군."

"당신은 그런 그녀의 기억이 필요한 거지?"

"알고 있었나?"

"당연하지. 당신이 가만히 있는 나를 괜히 강림시켰겠어? 나도 그 정도 사리 분별은 할 줄 알아."

카미엘은 겸연쩍은 표정을 지었다.

"괜히 좀 미안하군. 죽을 때도 내 마음대로, 살릴 때도 내 마음대로이니 말이야."

"괜찮아. 난 어떻게든 당신에게 도움이 되고 싶은 마음뿐이니까."

그녀는 자신이 아는 최대한 그에게 조력해 주고 싶었다.

"알고 싶은 것이 플로이다의 조직도와 그 수뇌부에 대한 것이지?"

"그 배후에 대한 것도 알고 싶고."

노스트리아는 카미엘이 가지고 있는 노트와 펜을 가져다가 자신이 아는 모든 것을 적어 내려가기 시작했다.

노트에 플로이다의 조직에 대한 정보와 수뇌에 대한 상세한 프로필이 기재되었다.

그녀는 필기를 하면서 입으로 부연을 했다.

"플로이다는 전 세계적인 조직이지만 그 수뇌부와 하부 조직과의 관계는 그렇게까지 긴밀한 편이 아니야. 왜냐하면 그 큰 조직을 전부 세세히 관리할 수 없기 때문이지. 워낙 점조직의 형태로 되어 있어서 각 지부의 지부장이 수많은 중간보스를 관리하는 식으로 운영돼. 머리라고 할 수 있는 보스가 명령을 내리면 지부장들이 중간보스에게 그 명령을 하달하여 조직이 돌아가는 것이지."

"그렇다면 마리아는 프랑스 지부의 관리자였나?"

"유럽 전역을 관리하는 수뇌부야. 그녀의 관리하에 있는 중간보스들의 숫자만 무려 550명에 달하지."

"엄청난 숫자군."

"550명의 중간보스들은 적게는 10명, 많게는 50명의 부하들을 데리고 있어. 그 부하들은 자신이 고용한 정보원과 공작원들을 거느리고 있는데, 그 숫자는 나도 정확하게 추산할 수 없어."

플로이다가 지금의 완벽한 해결사 집단이 된 것은 그만큼의 조직력과 정보력을 가지고 있었기 때문이다.

하지만 그들의 맹점은 워낙 큰 조직을 세분화시켰다는 점에 있었다.

"한 사람이 죽어 나자빠지면 그 휘하의 조직원은 갈피를 잡지 못하고 흩어지게 되어 있어. 왜냐하면 워낙 점조직이 많으니 그것을 결집시킨 사람이 죽으면 관리 자체가 안 되는 거지."

"그렇다면 수뇌부를 정리하게 되면 조직이 무너질 수밖에 없겠군."

"아마 자기들끼리 분파를 짜서 독립을 꿈꾸겠지. 그렇게 되면 플로이다는 유명무실해지는 거야. 당신의 말처럼 조직 자체가 무너지는 것이지."

카미엘은 그녀가 적어놓은 프로필 중에서 한 사람을 지목했다.

"메이슨이라……. 이놈은 나 역시 한 번쯤 이름을 들어본 적이 있는 것 같아."

"그래. 조금의 정보력이나마 가지고 있다면 당연히 들어봤겠지. 그는 전 세계적으로도 유명한 범죄자니까."

"그런데 이런 엄청난 조직의 보스가 얼굴을 드러내도 되는 건가?"

"방금 전에도 말했다시피 플로이다에는 엄청난 숫자의 점조직이 있어. 그들을 이끌기 위해선 보스의 악명이 높을 필요가 있어."

"공포정치를 하는 것이군."

"그런 기능도 있고 조직을 이끌자면 그들의 존경도 받아야 하거든. 그래서 일부러 자신을 드러내 놓고 악명을 쌓아온 것이지."

"조직이 리더에게 메리트를 느껴야 오래도록 남아 있을 테니?"

"그런 셈이지."

그녀는 플로이다의 수뇌부를 옭아매는 가장 좋은 방법에 대해 설명하였다.

"당신은 이 메이슨이라는 사람보다는 그 주변 인물을 조종하는 편이 좋을 거야. 그는 다른 것은 몰라도 가족과 친구들에겐 끔찍한 사람이거든."

"의외의 면이 있군."

"이중적인 사람이야. 정이 많으면서도 자신에게 피해가 되는 것들은 가차 없이 쳐내곤 하지."

"그렇다면 가족들을 공략하면 일이 쉽게 풀릴까?"

"아마도. 하지만 워낙 철두철미해서 그들을 사로잡는 것은 쉽지 않아."

"그래, 그렇겠지. 그렇지만 성공하기만 한다면 놈은 물론이고 배후까지 캐낼 수 있는 일 아니겠나?"

"맞아. 그 방법이 가장 좋을 거야."

그녀는 자신이 아는 배후에 대해서 설명하였다.

"플로이다의 배후는 나도 정확히 몰라. 다만 각 작전에 대한 배후는 전해 들어서 알고 있어."

"그렇다면 이번 작전의 배후는 누구야?"

"박철수. 신원 미상이야."

"박철수라……. 한국 사람인 것만은 확실하군."

"나이와 소속은 불분명하지만 국회의원 및 특수 세력이 뒤를 봐주고 있는 것 같더라고."

"백이 든든한 놈이라는 소리군."

"맞아. 그래서 플로이다가 작전을 실패하고 그렇게까지 미친 듯 설친 거야. 일이 잘못되면 나라 하나가 뒤집어지고 전 세계 적으로도 물의를 빚을 수 있거든."

"생각보다 큰 왕거니가 끼어 있는 것 같군."

카미엘은 이제 남은 것은 자신이 직접 퍼즐을 맞추는 것이라고 생각했다.

"이제부터 너는 안전한 곳에 숨어 있어. 나머지는 내가 알아서 하겠다."

"싫어."

"싫다고?"

"당신의 편에 서서 당신을 돕겠다고 했는데 가만히 앉아 있을 수가 있나?"

"하지만 이미 놈들이 네 얼굴을 알고 있는데 괜찮겠어?"

"괜찮지 않으면? 어차피 놈들은 그냥 인간이야. 당신처럼 뭔가 대단한 능력을 가진 놈들이 아니라는 소리지. 그놈들이 가만히 있지 않고 달려들면 오히려 감사할 따름이지."

"으음, 그건 그렇지."

"내가 돕게 해줘. 그게 진정 나를 위하는 길일 테니까."

카미엘은 그녀의 동행을 인정할 수밖에 없었다.

혼자서 움직이는 것보다는 조직에 대해서 잘 알고 정보를 제공해 줄 수 있는 사람이 있으면 훨씬 좋기 때문이다.

"그래, 같이 가자."

"큰 도움이 될 거야. 나만 믿으라고."

"후후, 그래, 한번 믿어보기로 하지."

그녀는 자리에서 일어섰다.

"가자."

"지금 당장?"

"놈들은 행동이 빨라. 자칫 잘못하면 대가리를 치려다 실패할 수도 있다고."

"그렇군."

카미엘은 솔로몬에게 연락을 취하여 함께 갈 것을 제안했다.

"동료 한 명만 부를게. 괜찮지?"

"나를 보고 처죽이겠다고 덤비지만 않으면 좋겠는데."

"후후, 그럴 일 없어. 걱정하지 마."

그는 자리를 옮겨 근처 술집으로 향했다.

제4장
새롭게
시작하는 조사

　삼척 시가지 구석에 위치한 포정마차에 솔로몬과 노스트리아가 마주 보고 있다.

　솔로몬은 '강림'에 대해서 설명을 전해 듣고 나서도 도저히 믿을 수 없다는 표정을 짓고 있었다.

　"그 강림이라는 것, 정말 믿어도 되는 건가?"

　"걱정하실 필요 없습니다. 이미 원주인의 영혼은 사라져 어딘가로 날아갔을 테니까요."

　"흠……."

　그녀에 대한 신뢰도가 쌓인 것은 아니지만 일이 잘 풀리기만

한다면 노스트리아에 대한 믿음은 알아서 생길 것이다.

솔로몬은 노스트리아에게 메이슨과 그 수뇌부를 잡아들일 수 있는 방안에 대해 물었다.

"아무튼 간에 놈들을 잡아서 족칠 수 있다는 것이 중요하지. 놈들을 옭아맬 좋은 방법이 있을까?"

"물론이지. 놈들에게도 약점이라는 것은 존재하니까."

"약점이라……."

그녀는 가장 먼저 입을 열 만한 사람의 이름을 거론하였다.

"저스틴, 미국 출신으로 머리가 좀 나빠. 예상외로 부유한 집안의 아들로 태어나 유복한 유년 생활을 보냈지. 하지만 아프가니스탄 무장 단체에게 피랍되어 15년 동안 용병 생활을 하면서 완전 다른 사람이 되었어. 지금은 거의 은둔자가 다 되었지. 그런 그놈에게도 맹점이 하나 있어."

"맹점?"

"바로 나."

두 남자가 동시에 고개를 갸웃거렸다.

"어째서 네가 맹점이라는 거야?"

"그놈이 나를 좋아하거든."

솔로몬이 무릎을 쳤다.

"오호, 미인계로 놈을 꿰어내겠다?"

"그런 셈이지."

"거참 좋은 방법이로군."

"지금 그놈은 내가 당신들과 함께하고 있다는 사실을 까마득히 모르고 있을 테니 미인계로 꾀어낸다고 해도 아마 눈치챌 수 없을 거야. 그러니 만약 놈을 잡는다면 지금이 적기라고 볼 수 있지."

카미엘은 그녀의 자세한 계획에 대해 물었다.

"청사진은 세워놓은 거야?"

"물론이지. 내가 미끼가 되어 놈들에게 위치를 알리면 두 사람이 알아서 포박하여 심문하면 되는 거야. 가장 좋은 방법은 나를 전기의자에 앉혀놓고 전기 고문을 해대는 것이지."

"오호라, 전기!"

솔로몬이 고개를 갸웃거렸다.

"전기가 뭐 어쨌길래?"

"노스트리아는 전기를 다룰 수 있는 능력이 있습니다."

"전기를 다룬다고?"

백문이 불여일견, 그녀는 자신의 손을 뻗어 뇌전을 만들어냈다.

츠츠츠츠츠!

그녀의 손을 따라 뻗어 나온 전기가 솔로몬의 볼을 스치며 지나가 벽에 구멍을 내버렸다.

콰앙!

"허, 허억!"

"아마 전기로 고문하면 기분이 더 좋겠지만 연기는 할 수 있거든. 원래 연기라는 것이 그리 힘은 일이 아니잖아?"

"…그렇군."

만약 그녀가 불을 다룰 수 있는 능력이 있었다면 조금 더 리얼한 현장을 만들어낼 수 있을 테지만 전기만으로도 충분한 연출은 가능했다.

카미엘은 당장 작전을 실행에 옮기기로 했다.

"움직입시다. 놈을 잡아 족치고 메이슨까지 끌어들이려면 시간이 없어요."

"그러자고."

일행은 작전을 위한 장치를 설치하기 시작했다.

*   *   *

미국 서부 해안을 부유하던 초대형 낚싯배에 경보가 울렸다.

따르르르르릉!

아침거리를 낚기 위해 자동 낚싯대를 드리워 놓고 있던 저스틴이 경보기로 다가가 메시지를 확인했다.

이곳에 있는 경보기는 플로이다 수녀부의 핸드폰과 연결되어 있기 때문에 그들에게 무슨 일이 생기면 곧장 경보가 울리도록 되어 있었다.

누가 변을 당한 것인지 메시지를 확인해 본 저스틴의 눈알이 터질 듯이 부풀었다.

"마, 마리아?! 이런 제기랄!"

그는 당장 무전기를 잡았다.

"저스틴이다! 지금 당장 마리아를 구출하기 위한 구조대를 편성한다! 움직여!"

—예, 알겠습니다!

인근 바닷가에서 생활하며 저스틴의 명령을 기다리고 있던 조직원들이 모두 모여들어 해적단을 구성하였다.

이들은 겉보기엔 그냥 어선을 타고 돌아다니며 생활하는 어부들 같지만 곳곳에 숨겨진 비밀 장소에 해적선을 숨겨둔 사람들이었다.

경비정과 고속정으로 이뤄진 이들 해적함대는 정규군을 상대로 싸워서 이길 수 있을 정도의 화력을 가지고 있었다.

또한 엄청난 기동력을 가진 경비정으로 치고 빠지는 전술을 구사하기 때문에 제 아무리 탄탄한 경비 병력을 갖춘 상선이라도 거뜬히 함락시킬 수 있었다.

저스틴은 총 백 척의 배를 가진 해적함대의 우두머리로서 태평양은 물론이고 오대양 육대주 전역에서 악명이 높았다.

잠시 후, 그의 배로 열 명의 중간보스가 올라왔다.

"부르셨습니까?"

"삼척으로 간다."

"한국의 삼척 말입니까?"

"그렇다."

"하지만 그곳은 북한과 중국, 러시아의 해안경비대와 인접해 있는 곳입니다. 100척이나 되는 함대가 몰려갔다간 분명 눈에 띄고 말 것입니다."

저스틴은 그의 멱살을 틀어쥐었다.

쫘드드득!

나사 하나가 풀린 듯 조금은 허술해 보이는 저스틴이지만 막상 해적으로서 행동할 때엔 얘기가 달랐다.

"그깟 해안경비대를 두려워하는 우리였던가?"

"아, 아닙니다!"

"그런 쓰레기들은 우리를 결코 이길 수 없다. 우리는 산전수전, 공중전까지 다 겪은 베테랑들이기 때문이다. 내 말이 틀리나?"

"아닙니다! 맞습니다!"

"그럼 어떻게 해야 하나?"

"삼척을 공격하여 원하는 바를 이뤄야 합니다!"

그는 삼척을 공격함에 따라서 얻을 수 있는 모든 것을 얻어 내기로 했다.

"현재 삼척에는 시멘트 공장과 몬스터 코어 가공 공장이 위치해 있다. 우리는 그곳을 집중 타격하여 코어와 시멘트를 탈취해 낸다. 물론 1차 목표는 그녀의 생환이고 나머지는 어디까지나 부수적인 목표에 불과하다. 하지만 놈들을 칠 때엔 인정사정 볼 것 없이 털 수 있는 한 최대한 털어내는 것이다."

"예, 알겠습니다!"

해적단은 이윤을 위해 움직이는 집단이기 때문에 그저 사람한 명 구한다고 움직일 수는 없었다.

겉으로는 그를 따르는 것 같아도 확실한 목적이 없다면 해적 집단은 유지될 수 없었다.

"출항에 얼마나 걸리겠나?"

"두 시간 이내로 출항할 수 있습니다."

"좋다, 두 시간 후 물자를 보충하여 한국으로 간다."

"예!"

부하들이 돌아간 후 저스틴은 평상복을 벗고 아주 오래된 게릴라 군복을 입었다.

철컥!

구형 AK소총을 꺼내 든 저스틴은 이를 갈았다.

"…이 세상에 태어난 것을 후회하게 만들어주마!"

마리아에 대한 저스틴의 마음은 그 어떤 누가 뭐라고 해도 진심이었다.

단순히 그녀가 섹시해서 잠자리 상대로만 여긴 것이 아니고 순정을 바칠 여자로 생각한 것이다.

그는 오늘 사생결단을 내기로 작정하였다.

＊　　　＊　　　＊

쩍, 쩍!

화창한 아침을 맞은 8군단 사령부로 카미엘의 SUV가 찾아왔다.

그는 미리 약속된 최영식 중장을 만나기 위하여 사령관 집무실로 향했다.

집무실 앞에는 최영식의 부관인 유하진 대위가 카미엘을 맞이하게 위해 먼저 나와 있었다.

유하진은 아주 반가운 얼굴로 그를 맞이했다.

"오랜만입니다."

"요즘 통 못 보았습니다만, 그래도 간간이 소식은 듣고 있었습니다."

"하하, 그러셨군요."

"우선 8군사령관의 부관이 되신 것을 축하드립니다."

"감사합니다."

최영식 중장은 새롭게 8군단장으로 취임하여 강원도 동부 지역을 방어하는 막중한 임무를 맡게 되었다.

현재 강원도 동부에서의 전투는 끊이지 않는데다 8군단이 1군 사령부의 관심을 한 몸에 받고 있기 때문에 조만간 그의 진급이 이뤄질 것이라는 전망도 나오고 있었다.

카미엘은 8군사령관 최영식 중장을 찾았다.

"사령관님께선 어디에 계십니까?"

"지금 집무실에서 기다리고 계십니다. 이쪽으로 오시지요."

"감사합니다."

유하진의 안내를 받아 들어간 집무실에는 41사단장과 3개 연대장이 모두 모여 있었다.

그들은 카미엘의 도착과 동시에 주의를 집중하였다.

"오셨군요."

"오래 기다리게 해서 죄송합니다."

"아닙니다. 우리도 출근해서 이곳으로 곧장 온 터라 기다리지는 않았습니다."

"아무쪼록 취임을 축하드립니다."

"모두 단장님 덕분입니다."

카미엘은 썩은 부분을 도려내고 다시 구성된 41사단 수뇌부를 바라보았다.

대부분 외부에서 단행된 인사들이었지만 41사단장은 최영식과 함께 조사단에 포함된 하충선 소장이 맡았다.

하충선 소장은 지장, 덕장으로 유명한 인사이기 때문에 만약 사단장을 맡는다면 가장 적임자라고 할 수 있었다.

카미엘은 이곳에 모인 장교들에게 자신이 가지고 있는 정보를 풀어놓았다.

"제가 여러분을 이곳에 모이게 한 이유는 바로 해적들의 대대적인 침공 때문입니다."

"침공이라?"

"백 척 내외의 고속정과 경비정이 며칠 내로 이곳 삼척을 타격하게 될 겁니다."

"……!"

"다들 아시겠지만 요즘 해적들의 기세가 만만치가 않습니다. 그들의 전력은 거의 해안경비대와 맞먹을 정도지요. 호위함이나 구축함 등 대형 함정만 없을 뿐이지 고속정과 경비정의 숫자는 실로 엄청나다고 볼 수 있습니다."

"그런 그들이 어째서 이곳을 타격하러 온단 말입니까?"

"제가 해적 수뇌부와 관련된 인사를 납치해 두었거든요. 지금은 우리에게 투항하였습니다만, 해적단의 두목이 그녀를 짝사랑하고 있다더군요. 그래서 그녀를 미끼로 그놈을 불러들였습니다."

"그놈을 잡아서 우리에게 이득이 되는 것이 있습니까?"

카미엘은 최근에 벌어진 제주도 남부 몬스터 창궐 사건에 대하여 설명하였다.

"바로 얼마 전에 벌어진 제주도 사건에 대해 다들 잘 알고 계시지요?"

"물론입니다."

"그 배후와 연결된 놈들이 바로 이 해적단입니다. 아니, 정확하게 말하자면 해적단이 포함되어 있는 플로이다 용병단의 배후가 바로 이 사건의 주동자들이라 할 수 있지요."

"으음."

"지금 그녀가 알고 있는 사안들로는 그 배후까지 캐낼 수 없기 때문에 아예 수뇌부를 깡그리 잡아 족칠 생각입니다. 그렇게 된다면 대한민국 국군이 받은 타격을 어느 정도는 상쇄할 수 있겠지요."

최영식 중장은 카미엘의 말에 전적으로 동의하였다.

"그래요, 그건 단장님의 말이 맞습니다. 최근 우리가 입은 타격은 그리 적지 않습니다. 그놈들을 잡아 배후를 뿌리 뽑지 않는다면 이와 같은 사건은 계속해서 일어나게 되겠지요."

"맞습니다. 아주 지당하신 말씀입니다."

그는 카미엘에게 대처 방법에 대해 물었다.

"그렇다면 우리가 뭘 어떻게 하면 되겠습니까?"

"해적들이 쳐들어올 것이 자명하니 경계를 강화하고 각 부대에게 출격 대기 명령을 내려놓으시면 됩니다. 그렇게 되면 민간

인은 물론이고 군인까지 희생되지 않고 작전을 치를 수 있을 겁니다."

"그렇군요."

"다만 해적단의 수뇌는 인간과 몬스터의 줄기세포를 병합하여 만들어낸 인간 병기이니 직접적인 전투는 피하고 발견 즉시 저희들에게 제보해 주시면 됩니다."

"얼마 전 제주도에서 발견된 그것과 같은 것이군요."

"비슷합니다. 그러니 절대로 직접 타격하지 마시고 그저 위협사격 및 견제사격만 펼치셔야 합니다."

"알겠습니다. 명심하지요."

카미엘은 놈들이 이곳까지 오는 데 스무 시간이 남았다고 전하였다.

"스무 시간 후 놈들이 개떼처럼 몰려들 겁니다. 진입 경로는 정라항으로 예상됩니다만, 드물게는 원덕이나 근덕으로 들어올 수도 있을 것 같습니다."

"그럼 주력을 정라항으로 정하고 원덕과 근덕은 특공대와 소규모 포병화력으로 대체하겠습니다."

"예, 그렇게 하시는 편이 좋을 것 같습니다."

최영식 중장은 카미엘에게 악수를 청했다.

"자, 그럼 이제부터는 각자의 자리로 돌아가서 대비해 봅시다."

"그렇게 하시죠."

두 사람이 악수를 교환하자마자 사령부가 바쁘게 움직이기 시작했다.

*   *   *

이제 막 정오로 향하는 시각, 8군단 예하 41보병사단과 제 891 포병여단에 진돗개 하나가 발령되었다.

41보병사단과 891 포병여단은 각자 배정되어 있는 목진지를 점령하고 새롭게 편성된 임시 방어 구역으로 병력을 움직이게 될 것이다.

부아아앙!

병력을 실은 수송 차량이 정라진에 도착하였다.

"하차!"

보병들은 차량에서 바리게이트로 사용될 구조물과 모래 마대를 꺼내어 설치하고 기관총과 박격포 진지를 구축하였다.

정라항을 찾은 관광객들은 때아닌 구조물 설치 현장을 바라보며 약간의 불안감을 느꼈다.

상인들은 8군단에서 미리 통보 받은 내용을 손님들에게 아주 친절히 설명하였다.

"아마 모텔이나 호텔의 숙박을 잡으실 때 내일 자정까지 모두

퇴실해 달라는 설명을 들으셨을 겁니다."

"네, 맞아요."

"군사작전이 펼쳐질 예정인데, 아무래도 소규모 전투가 벌어질 수도 있을 것 같답니다. 그래서 저렇게 진지를 구축하는 것이지요."

"그럼 이렇게 먹고 놀 때가 아닌 것 같은데?"

"하지만 그리 걱정하실 필요는 없어요. 작전이 펼쳐지기 전까지 모두 시내로 이동하시기만 하면 되거든요. 그 이후엔 이곳을 8군단 병력이 방벽으로 둘러칠 예정이기 때문에 후방 전투는 이뤄지지 않는대요."

"그렇군요."

"뭐, 이런 전투는 원래 종종 일어나곤 하잖아요? 그러니 신경 쓰실 것 없습니다."

몬스터와의 소규모 전투는 그 어떤 지방을 가도 자주 일어나기 때문에 이런 작전이 벌어진다고 해서 관광산업에 큰 타격이 되는 것은 아니었다.

상인들도 대수롭지 않게 여기고 평소처럼 장사를 하고 손님들을 받아 물건을 팔았다.

보병들은 상인들의 도움을 받아 진지를 모두 설치하고 그것을 상부에 보고하였다.

─여기는 알파, 설비가 모두 끝났다.

―알겠다. 지금 측각기를 보내어 정밀 조종에 들어갈 테니 수신호를 보내주기 바란다.

―입감.

보병부대가 모두 주둔하고 난 후 포병 병력이 움직여 포격 거리를 계산하고 타격 거점을 마련하였다.

주요 지점에 대한 좌표를 보병에서 전달하면 포병들은 미리 방렬해 둔 각종 포를 조정하고 방렬에 대한 값을 미리 산출하여 등록해 두는 것이다.

이렇게 하면 보병들이 무전으로 등록 좌표만 알려주면 신속한 사격이 가능해진다.

대략 세 시간 후, 보병과 포병들이 모두 준비를 마쳤다.

8군단 사령부에선 보병들이 인근에 주둔지를 구성하고 포병들과 함께 대기할 수 있도록 명령하였다.

―사령부에서 알린다. 각 제대는 해당 주둔지로 가서 숙영을 실시할 수 있도록. 작전 예상 시간 한 시간 전까지 휴식하고 플러스 한 시간에 모두 작전지역으로 다시 모일 수 있도록.

―입감.

―양호. 수고. 대기.

적의 침투로를 이미 다 알고 있기에 패배할 확률은 낮아졌지만 준비할 것은 더 많아졌다.

8군단은 그 뒤로도 꽤 많은 준비로 분주하게 움직였다.

　　　　　*　　　　　　*　　　　　　*

　깊은 새벽, 삼척 앞바다의 물결이 조금 거칠게 일렁인다.

　쏴아, 쏴아아아!

　바람이 좀 세게 불기는 했지만 이 정도 파도라면 오히려 조업
이 잘되어 만선으로 돌아올 확률이 높았다.

　하지만 오늘은 삼척 앞바다에서 조업이 전면 금지되어 삼척
에서 조업해야 할 어부들이 울진과 동해시 인근으로 올라간 상
태였다.

　덕분에 삼척의 앞바다에는 조업을 위한 불빛 대신 적막함만
이 감돌고 있었다.

　─여기는 참수리 하나, 아직까지 적의 모습이 보이지 않는다.

　─으음, 정말 오긴 오는 걸까?

　제1 함대 사령부는 초계함 전대를 파견하고 해적들이 상륙
하는 동시에 후방을 장악하여 양동작전을 펼치기로 하였다.

　지금 이곳에 보이는 병력은 전대 하나가 전부이지만 좌우로
나누어진 병력은 해군 특수부대를 포함하여 해병대 1개 사단,
구축함 두 정과 예하 부대의 함정들이 구성되어 있었다.

　만약 전투가 벌어진다면 인정사정 볼 것 없이 타격하여 적의
후퇴 의지를 꺾을 것이다.

잠시 후, 전방을 순찰하고 있던 고속정이 기함으로 적 출현을 알려왔다.

―참수리 둘, 참수리 둘, 전방에 대규모 함대가 포착되었다!

―규모는?

―고속정과 경비정 백 척 남짓이다!

―드디어 놈들이 기어들어 왔군.

전대의 기함이 8군단 전진 사령부로 무전을 쳤다.

―치익, 여기는 임시 파견 초계함 전대다. 현재 전방 15㎞ 밖에 적이 출현한 것으로 보인다. 준비하기 바란다.

―알겠다. 고맙다.

―건투를 빈다.

잠시 후, 제1 함대가 좌우로 나뉘어 사라지고 해적의 고속정과 경비정들이 해안가로 빼곡히 모여들었다.

부아아아앙!

함대에선 함포와 기관총 사수를 제외한 모든 병력이 하선하였다.

"어서 내려라! 갈 길이 멀다!"

"예!"

해적의 숫자는 대략 3천 명, 이 정도 규모면 거의 상륙 작전급이라 볼 수 있었다.

하지만 8군단은 아주 차분하게 대처하였다.

전방에 파견되어 적의 바로 코앞에 위치해 있던 OP가 상황을 전달하였다.

―여기는 올빼미 하나, 적이 상륙하였다. 함포를 사격하기 위하여 대기하는 인원 말고는 전부 산비탈을 오르려는 것 같다.

―알겠다. 일단 대기하기 바란다.

전진 사령부는 해안선을 가득 채운 적들에게 야포사격을 명령하였다.

―적의 공격 거점을 파괴한다. 전 포, 사격 개시하라.

―입감.

보병들이 지정해 준 좌표로 포병 병력의 고폭탄이 마구 떨어지기 시작했다.

―좌표 알파, 사격 개시한다.

―알겠다.

해적들이 해안선을 따라 상륙하려는데 사방에서 불꽃이 피어올랐다.

피융, 콰앙!

"고, 고폭탄이다!"

"달려! 후퇴하면 이대로 다 죽는다!"

제아무리 정규군과 싸워 이겨본 전적이 있다곤 하지만 포병 부대가 쏟아내는 화력은 감당할 수가 없었다.

이제 해적들이 믿을 것이라곤 해안선 너머로 보이는 엄폐물을 찾아가는 것뿐이었다.

하지만 그들어 해안선을 넘어가기도 전에 보병들의 사격이 시작되었다.

"사격 개시!"

두두두두두두!

전방에서 비처럼 쏟아져 내리는 총알을 바라보는 해적들의 입에서 욕지거리가 쏟아져 나왔다.

"이런 씨발, 도대체 뭐가 어떻게 된 거야?!"

"아무래도 정보가 샌 모양입니다!"

"그게 무슨 개 잡소리인가?! 도대체 어떻게 정보가 샐 수 있어?!"

"모르긴 몰라도 누군가 프락치 짓을 한 것으로 보입니다!"

"제기랄!"

기관총 사수는 물론이고 저격수까지 동원된 육군의 화력은 삼천 명의 해적을 공포로 몰아넣기에 충분하였다.

그런 와중에 하늘에서 헬기가 날아들기 시작하였다.

다다다다다!

"하늘에서 공중 지원이 이뤄지고 있는 모양입니다!"

"뭐라?!"

헬기는 게틀링건을 통하여 탄알 세례를 퍼부었다.

드르르르르르!

시원하게 쏟아져 내리는 총탄세례가 해적들을 훑고 지나가자 해안가가 순식간에 피로 물들었다.

피비린내가 바닷바람을 타고 흘러들어 해적들을 절망에 빠뜨렸다.

"이러다가 다 죽겠습니다!"

"젠장, 젠장!"

"두목, 이렇게 우물쭈물하면 마리아 님을 구출하기도 전에 모두 다 죽을 것이란 말입니다!"

바로 그때, 해병대와 해군 특수부대가 해적 함대를 압박하기 위해 보트를 타고 몰려들었다.

부아아아아앙!

―여기는 함대, 적의 상륙부대가 몰려듭니다!

"뭐라?!"

―젠장! 적들이 워낙 많습니다! 함대를 장악하는 것은 시간문제일 것으로 보입니다!

―차라리 해변을 뚫고 가십시오! 이곳은 최대한 막아보겠습니다!

전방으로 함포를 사격하여 지원하기도 빠듯한 마당에 상륙부대까지 밀려들자 해적들은 진퇴양난에 빠지게 되었다.

결국 그들은 목숨을 건 여정을 시작하기로 하였다.

"좌우로 흩어져 적의 방어망을 피해서 빠져나간다! 우리의 목표는 이제 생존이다! 생존 말고는 아무것도 생각하지 마라!"

"집결지는 어디로 정합니까?!"

"우리의 아지트다! 그곳으로 다시 돌아올 때까진 절대로 죽지 마라!"

"예!"

해적들은 좌우로 나누어 도주하기 시작하였다.

*　　　　　*　　　　　*

콰아아앙!

천지가 진동하는 포격 음 사이로 저스틴의 모습이 보인다.

"허억, 허억!"

피투성이가 된 저스틴은 이를 악문 채 봉황산 초입에 도달했다.

그는 자신을 기다리며 서서히 죽어가고 있을 마리아를 구해야겠다는 일념하에 쉬지도 않고 두 시간째 전선을 오가고 있는 중이다.

그는 1개 사단 병력이 진을 치고 있을 산비탈을 오르면서 고도의 집중력을 발휘하였다.

집중력이 발휘되는 순간에는 머리가 맑아지고 사물이 뚜렷하게 보이며 청각과 후각이 극도로 발달한다.

이런 현상이 저스틴의 생존 확률을 높여주었다.

그러나 지금처럼 수천 명의 보병을 앞에 두고 있을 때엔 그 어떤 것도 결정적인 역할을 하지 못했다.

바스락.

수풀 사이를 오다가 자칫 잘못하여 스친 소리에도 보병들이 민감하게 반응하였다.

"손들어! 움직이면 쏜다!"

"제기랄."

"면봉, 면봉!"

암구호를 제대로 대지 않으면 총탄이 날아올 테니 재빨리 피하는 것이 상책이었다.

파앗!

가볍게 신형을 날리는 그를 따라 보병들의 총탄 세례가 이어졌다.

두두두두두!

"빌어먹을!"

진지 하나에 네 명의 보병이 위치하고 있고, 그 간격이 그리 넓지 않기 때문에 한 번 발각되면 수 ㎞의 장벽을 타고 공격이 쏟아질 것이다.

저스틴은 정면으로는 돌파가 불가능하다는 것을 누구보다 잘 알고 있었기 때문에 보병 라인을 뚫기보다는 측면으로 이어진 산등성이를 타는 것을 선택하였다.

하지만 그마저도 썩 쉬워 보이지는 않았다.

"여기는 전쟁이 하나! 적이 출현한 것으로 보인다! 행동이 상당히 날쌔고 기민한 것으로 보아 우리가 찾는 그놈이 분명하다!"

─알겠다. 지금 당장 특공대 병력을 투입하겠다.

위에서 총을 쏘고 아래에서 특공대가 치고 올라온다면 그야말로 독 안에 든 쥐 신세가 된다.

저스틴은 이제 자신의 생명이 서서히 사그라질 것이라고 생각하였다.

"…그럼에도 불구하고 나는 마리아를 향해 나아갈 것이다!"

그는 계속해서 수풀을 헤치고 나아갔다.

촤락, 촤락!

가시덤불과 잔가지들이 그의 몸에 상처를 내고 피가 수풀에 묻어 비릿한 피 냄새를 풍겨냈다.

이런 자잘한 것들이 그를 괴롭히게 되면 점점 더 집중력이 낮아지고 체력은 떨어지게 될 것이다.

그런 가운데 그의 귓가에 익숙한 목소리가 들려왔다.

"살려주세요!"

순간, 그의 시선이 산비탈 위의 허름한 농가로 향했다.

"마리아?"

꿈에도 그리던 그녀의 목소리가 들리자마자 저스틴은 뭐에 홀린 사람처럼 넋을 놓고 산을 탔다.

이전보다 훨씬 더 많은 잔가지와 가시덤불이 그를 붙잡고 심지어는 녹이 슨 철선이 살을 뚫고 들어와도 걸음을 멈추지 않았다.

촤아아악!

온몸이 거의 걸레 조각처럼 너덜너덜해진 저스틴이지만 여전히 눈의 초점은 한곳을 바라보고 있었다.

잠시 후, 그는 드디어 목표 지점까지 도달하였다.

"마리아! 내가 왔어! 마리아! 대답 좀 해봐!"

"살려주세요!"

저스틴은 그녀의 목소리가 새어 나오는 농가의 창고를 박차고 들어갔다.

콰앙!

문을 열어보니 온몸에 전선이 꽂힌 마리아가 피투성이가 된 채 앉아 있다.

"으으으……."

"마리아!"

그가 한 발자국을 떼자마자 마리아의 몸에 전기가 흘러들어갔다.

콰지지지지직!

육안으로 보일 정도로 강력한 전기가 뿜어져 나와 그녀를 지져 버렸다.

"으으, 으으으……!"

"이런 개새끼들! 그러고도 살아남기를 바란단 말이냐?!"

이러지도 저러지도 못하고 서 있는 그의 앞에 카미엘이 모습을 드러냈다.

"반갑다. 나는 발록 용병단장 김두이라고 한다. 네놈이 바로 저스틴인가 나발인가 하는 놈이겠군."

"…내 이름을 어떻게 알지?"

"이 여자가 말해주더군. 네놈이 반드시 구하러 올 것이라고 말이야."

저스틴은 고개를 푹 숙인 채 늘어져 있는 마리아를 바라보았다.

그녀의 몸은 이미 전기에 그을려 힘을 잃은 지 오래였고 머리카락은 다 타버려 꼬불꼬불해져 있었다.

가슴팍 부근이 들썩이는 것으로 보아 목숨은 부지하고 있는 것 같았지만 몇 번의 고문이 더해지면 분명 쇼크가 올 것이다.

"이 여자를 살리고 싶나?"

"…그렇다. 원하는 것이 뭐냐?"

"조직의 배신."

"뭐라?"

"네놈이 조직을 배신한다면 이 여자를 살려줄 수도 있다. 하지만 끝까지 조직에 충성한다면 당장 전기구이를 만들어 버리겠다."

저스틴은 아무런 말도 할 수 없었다.

"그, 그건……."

"아아, 싫지? 그럼 어쩔 수 없고."

그는 다시 한 번 전기의 송출 버튼을 눌렀다.

콰지지지지직!

"으으으윽, 으으으으……!"

"마리아! 이런 빌어먹을! 하면 될 것 아닌가?!"

"오오, 정말?"

"그래, 약속한다! 네놈이 시키는 대로 뭐든지 다 하겠다!"

"후후, 이제야 말이 좀 통하는군."

그제야 그녀의 몸을 뚫고 들어가던 전기가 서서히 그 자취를 감추었다.

저스틴은 그들의 앞에 소총과 권총을 꺼내놓았다.

철컥!

"무장은 하지 않겠다. 마음대로 족치고 그 여자는 놓아줘라."

"으음, 그럴 수는 없지. 내가 원하는 바를 이루게 되면 그때 놓아주겠다."

"…뭐라?"

"나는 조직을 배신하라고 명령했다. 하지만 아직까지 너는 그것을 증명하지 못했다. 그럼에도 불구하고 내가 이 여자를 놓아주어야 할 이유를 모르겠군."

저스틴은 카미엘에게 자신의 투항 의사를 명확하게 밝혔다.

"좋다, 내가 뭘 어떻게 하면 되는 건가?"

"지금 당장 나머지 세 명의 수뇌부를 쳐서 내 앞에 수급을 가지고 와라."

"나 혼자 그걸 어떻게 감당하라는 소리인가?"

"못 하겠으면 포기하시든지."

바로 그때, 마리아가 서서히 고개를 들었다.

"사, 살려……."

"마리아!"

"자, 그럼 다시 한 번 고문을 시작해 볼까?"

저스틴은 축 늘어진 채 고통을 호소하는 그녀를 바라보며 이내 고개를 푹 숙였다.

"…하겠다. 죽이 되든 밥이 되든 하겠단 말이다."

"오호? 정말인가?"

"물론이다."

"좋아, 그렇다면 앞으로 일주일 주겠다. 그 안으로 놈들을 처리하지 않으면 이 여자는 죽는다. 그러니 알아서 해라."

"알겠다."

카미엘은 그에게 핸드폰을 한 대 건넸다.

"대포폰이다. 위치 추적은 할 수도 없고 발신지 추적과 같은 꼼수도 통하지 않는다. 이것으로 하루에 세 번씩 연락해라. 만약 나와 연락이 끊어져도 이 여자는 죽는다."

"알겠다."

"그리고 또 하나, 해적들이 모두 투항하여 감옥으로 들어가야 할 것이다."

"…조직의 리더인 나에게 부하들을 버리라 명령하는 건가?"

"싫다면 어쩔 수 없고."

그는 떨리는 손으로 무전기를 잡았다.

"두목이다."

─지금 상태가 좋지 않습니다! 앞뒤로 놈들이 꽉 들어찼습니다! 이러다간 다 죽습니다!

"투항한다."

─투, 투항이요?

그는 카미엘을 바라보며 물었다.

"내 부하들의 목숨은 보장할 수 있나?"

"그렇다. 다만 감옥에서 죗값을 치르게 되긴 하겠지."

"그래, 살아 있다면 그것으로 족하다."

저스틴은 계속해서 명령을 내렸다.

"지금 적의 우두머리와 대화를 끝냈다. 모두 무기를 버리고 투항하라. 그러면 목숨은 부지할 수 있다."

―하, 하지만 그건 우리더러 죽으라는 소리나 마찬가지입니다!

"죽지 않는다. 이 세상 그 어떤 일이 있더라도 목숨을 부지하는 것이 옳은 일이다. 모두 내 명령에 따라 투항하고 적당한 조치를 받아라. 내가 곧 찾아가겠다."

―…알겠습니다.

해적들이 투항까지 하였으니 그는 이제 세력을 잃었다고 볼 수 있었다.

카미엘은 그제야 만족스러운 표정을 지었다.

"자, 그럼 가봐도 좋다."

"곧 연락하도록 하지."

저스틴이 산장을 나서자 카미엘어 군에 연락을 취했다.

"여기는 둥이네, 적을 사로잡았습니다. 해적들은 모두 연행하시고 함정은 해군에서 알아서 처리해 주시면 됩니다."

―고생 많았습니다.

무전이 끝남과 동시에 가발에 분장까지 하고 있던 노스트리아가 고개를 들었다.

"휴우, 답답해 죽는 줄 알았네."

"아프거나 괴롭지는 않았어?"

"그렇지는 않았는데 양심에 조금 찔리긴 하더군. 저놈이 나를 이리도 끔찍이 생각하는 줄은 몰랐거든."

"순정이었나 봐."

"그러게 말이야."

노스트리아는 홀가분한 표정을 지었다.

"후우, 이제 좀 살 것 같네."

"놈이 저렇게 되어서 좀 껄끄럽지는 않아?"

"괜찮아. 어차피 갱생하여 사는 것이 저놈에게도 좋지 않겠어?"

"하긴, 그건 그렇지."

"모두가 다 좋은 방향으로 흘러가는 거야. 내가 괴로워할 필요가 전혀 없다고."

"맞는 소리군."

이제 카미엘은 그를 추적하여 세 명의 수뇌부를 잡아들일 것이다.

제5장
배신자 저스틴

　체코 프라하의 아담한 여관에 저스틴과 그 동료들이 모여 있다.

　플로이다의 리더인 메이슨과 첩보총괄자 제프가 저스틴이 늘 어놓은 뜻밖의 소식에 귀를 기울였다.

　"그러니까… 지금 마리아가 다 죽어가고 있단 말이지?"

　"전기고문을 하도 당해서 제정신이 아닌 것 같더군."

　"그래서 뭘 어쩔 생각인데?"

　"어쩌긴 우리의 살길을 찾아가야지."

　메이슨은 고개를 갸웃거렸다.

"애초에 그녀를 찾겠다고 한국으로 해적들을 몰고 쳐들어간 것 아니었어?"

"내가 바보로 보이나? 아무리 마리아가 매력적이라고 해도 그녀 한 사람만 보고 한국까지 갔을 것 같아?"

"그럼 뭐야?"

"마리아를 잡아간 그놈들을 추격하기 위함이었다. 그녀가 희생을 해줌으로써 우리가 그놈들을 잡아 족칠 수 있는 기회를 얻었다고 생각한 것이지."

"그렇지만 그 생각이 완전 틀린 것이었다?"

"…애초에 그놈들을 너무 만만하게 생각했어. 설마하니 군단급 병력이 버티고 있을 줄 누가 알았겠나?"

"하긴, 그건 생각처럼 쉬운 일이 아니지."

저스틴은 두 사람에게 아주 넌지시 물었다.

"그래서 말인데, 우리 중에 배신자가 있는 것 같다는 생각이 들어."

"배신자?"

"내가 상륙했을 때를 생각해 보면 마치 나를 기다렸다는 듯이 적들이 진을 치고 있었단 말이지. 이건 사전에 정보가 샜다고밖에 설명할 수가 없어."

"으음, 생각해 보니 정말 그렇군."

"그 때문에 나는 죽을 뻔했고 부하들은 전부 한국군에게 잡혀가 감방에 갇히고 말았어. 이제 내가 할 수 있는 일이라곤 이렇게 몇 마디 말이나 지껄이는 것뿐이지."

그의 한마디에 메이슨과 제프가 서로의 얼굴을 동시에 쳐다보았다.

제프는 인상을 와락 구겼다.

"뭐야? 지금 나를 의심하는 건가?"

"그렇다고 말한 적 없는 것 같은데?"

"그럼 왜 나를 그런 식으로 쳐다보는 거지?"

"내가 도대체 널 어떻게 쳐다보았는데?"

"네 눈동자에서 깊은 의심이 느껴졌다. 난 알 수 있어. 오래도록 성직에 있던 나는 사람의 심연을 꿰뚫어 보는 능력이 생겼거든."

"…네놈이 무슨 관심법이라도 쓴단 말이야?"

"비슷하다고 볼 수 있지."

체코에서 신부로 재직 중인 제프는 현직 성직자로서의 프라이드가 상당히 높은 편이었다.

그는 성호를 그리며 자신을 다잡았다.

"성부, 성자, 성령의 이름으로 아멘."

"이 상황에서도 기도가 나오는 것을 보면 네놈은 진짜 골수까지 썩은 사이비가 분명하다."

"내가 이단인지 아닌지 네가 어떻게 판단할 수 있는데?"

"사람을 밥 먹듯이 쏴 죽이는 네놈이 성직자라는 것 자체가 이단 아닌가?"

"…뭐라? 나는 주님의 이름으로 썩은 이단자들을 처단하는 것뿐이다."

"대신 돈을 받잖아?"

"그만. 나를 그만 매도해라."

어지간해선 제프를 말로 공격하지 않던 메이슨도 이번만큼은 약간 흥분한 듯이 그를 몰아세웠다.

결국 저스틴의 한마디 때문에 팀 내의 분열이 조장되었다는 소리와도 같았다.

메이슨은 이내 정신을 차렸다.

"미안하다. 일부러 매도하려던 것은 아니다."

"그래, 알아. 주여……."

이제 세 사람은 저스틴의 말대로 뭔가 대책을 세워야 할 필요성을 느꼈다.

"그 발록 용병단인가 뭔가 하는 놈들, 아무래도 심상치가 않아. 군단급 병력을 움직일 정도의 인물이라면 꽤나 거물이라는 소리잖아?"

"그런 셈이지."

"그렇다면 언제 어디서든 저런 엄청난 병력이 쏟아질 수도 있다는 소리인데, 앞으로 정면 돌파는 어렵겠어."

"그럼 뭘 어쩌자는 건데?"

"클라이언트에게 아주 시원하게 털어놓고 새 출발 하는 거지."

"지금까지 우리가 버텨온 이 모든 세월을 버리고 도망을 치자는 건가?"

"도망이 아니야. 이 보 전진을 위한 일 보 후퇴라고 볼 수 있지."

"그게 그거 아닌가?"

"달라. 전략상 후퇴와 겁을 집어먹고 후퇴하는 것을 구분할 줄 아는 것이 진짜 남자 아닌가?"

메이슨은 깊은 고뇌에 빠져들었다.

"…빌어먹을, 정말 네 말대로 이대로 계속 밀어붙였다간 무슨 사달이 날지 아무도 모른다. 하지만 우리가 한번 물러서면 플로이다는 다신 부흥할 수 없게 된다. 무슨 소리인지 잘 알지?"

"아니야, 가능성은 있어."

"무슨 수로 가능성을 만든단 말인가?"

"아직 우리에겐 재화가 남아 있지 않나? 돈으로 안 되는 것은 없어. 돈으로 사람을 모으고 조직을 꾸리는 것은 손쉬운 일이다. 우리가 이름을 바꾸고 새롭게 시작한다면 적어도 몇 년 이내엔 부활할 수 있다고 본다."

"그 몇 년이 도대체 몇 년이 될지 모른다는 것이 문제지."

"그렇지만 이대로 무너져 모두가 죽는 것보다는 낫지 않겠나?"

"으음."

제프는 고민에 빠진 메이슨에게 자신의 생각을 피력하였다.

"나는 좋지 않은 선택이라고 본다."

"이유는?"

"이대로 물러서면 앞으로도 또 똑같은 상황만 벌어지게 될 거야. 차라리 하느님의 은총을 믿고 앞으로 나아가는 것이 나아."

"그러다가 만약 일이 잘못되기라도 한다면?"

"언제는 일이 잘되는 것만 생각하면서 살았던가? 우리가 언제부터 그렇게 나약한 사람들이었지?"

"하긴, 그건 그렇군."

"그렇다면 좋은 계획이라도 있나?"

수단을 입고 있던 제프가 단추를 풀고 한 꺼풀씩 옷을 벗기 시작했다.

마침내 그가 옷을 다 벗었을 때엔 상처와 문신만이 가득한 나체가 적나라하게 드러났다.

그의 몸에는 최후의 만찬이 수놓아져 있었는데, 몸 곳곳에는 살아온 세월을 방증하는 크고 작은 상처가 자리 잡고 있었다.

상처들이 문신에 상처를 내긴 했으나 그것이 문신을 망치는 것이 아니라 오히려 신묘한 앙상블을 자아냈다.

그는 수단을 곱게 접어놓고 게릴라 군복으로 갈아입었다.

"게릴라는 게릴라로, 우리는 용병이니 용병답게 처리하자고."

"후후, 오랜만에 용병다운 대답을 하는군."

메이슨과 제프는 저스틴을 바라보며 물었다.

"만약 끼고 싶지 않다면 가만히 있어도 좋아. 네 살길을 도모한다는데 우리가 딱히 뭐라고 할 입장은 아니니."

"아니, 너희들이 간다면 나도 간다."

"가자. 우리 같은 떠돌이 인생들이야 한탕 제대로 하고 죽는 것이 순리 아니겠나?"

"물론이지."

일행은 필요한 물품을 조달하기 위해 움직였다.

*   *   *

늦은 밤, 저스틴은 자신이 녹취한 파일을 핸드폰으로 전송하였다.

녹취된 대화는 그들이 어떤 경로로 공격을 할 것이고, 그 공격의 규모가 얼마나 되는지에 관한 것이었다.

저스틴은 핸드폰으로 파일을 건네곤 전화를 걸었다.

"파일을 보냈다. 확인해 볼 수 있도록."

―후후, 수고 많았다.

"이 정도면 내가 조직을 배신했다고 볼 수 있지 않겠나?"

─그런 셈이지.

"그럼 내가 받을 것을 받고 이제는 인연을 끊었으면 한다."

─작전에서 빠질 생각인가?

"싸우는 도중에 나는 빠지고 저들만 너희들에게 붙잡히는 시나리오를 짰다."

─오호, 그러니까 너와 이 여자는 쏙 빠지고 저 둘만 피를 보게 하겠다는 소리인가?

"그러면 안 되는 이유라도 있나?"

─그럼 좀 곤란하지. 어차피 너희들은 도망가서도 또 똑같은 일을 반복하면서 살 것 아닌가?

"아니다. 난 이제 이 일에서 손을 떼겠다. 더 이상 피를 보는 것도 싫고 돈 때문에 생지랄을 하는 것도 신물이 난단 말이다."

─음, 그렇군.

"그녀를 넘겨다오. 그렇지 않으면 나도 더 이상 가만있지만은 않을 것이다."

─가만있지 않으면?

"너희들이 원하는 바를 이루지 못하도록 방해하는 나의 모습을 보게 되겠지."

─어이구, 무서워라. 그걸 지금 협박이라고 하는 것이냐?

저스틴이 잡은 전화기가 덜덜 떨려온다.

그는 분노로 몸이 사시나무처럼 떨려왔지만 그것을 초인적인 인내심으로 참아냈다.

"…원하는 것이 또 있던가?"

—뭐, 그렇게 딱히 원하는 바는 없어. 다만 네가 앞으로도 우리의 말에 잘 따라준다면 고마울 것 같아서 말이야.

"개자식들이군."

—뭐라고? 개자식?

"나도 사람이다. 조직을 배신한 대가를 받고 싶다는 것이 그리 잘못된 생각인가?"

—배신은 배신을 낳는 법, 나는 그저 확실한 것이 좋아서 이러는 것뿐이다. 내 생각이 잘못된 것인가, 아님 네 생각이 잘못된 것인가?

"…그럼 일이 끝나면 나를 보내줄 수 있겠나?"

—물론이지. 네가 원하는 마리아와 함께 떠나라. 말리지 않는다.

그제야 저스틴의 기분이 조금은 누그러진 것 같았다.

"좋아, 그런 조건이라면 오케이다. 일이 끝날 때까지 너희들을 돕겠다."

—잘 생각했다. 아무튼 협조해 줘서 고맙다.

전화를 끊으려는 분위기가 조성되자 저스틴이 다급하게 그를 붙잡았다.

"자, 잠깐!"

―뭔가?

"그녀의 목소리를 한번만 들을 수 있을까?"

―알겠다. 잠깐만.

잠시 후, 조금 건조하면서도 성대에 상처가 많이 난 듯한 그녀의 목소리가 들려왔다.

―…여보세요?

"마리아? 목이 많이 다친 건가? 목소리가 너무 허스키하군."

―워낙 고문을 많이 받아서 그래.

"그렇군."

저스틴은 이내 미소를 지었다.

"다행이로군. 무사해서 말이야."

―고마워. 나를 위해 희생해 줘서.

그녀의 고맙다는 한마디에 그의 입은 찢어질 듯이 벌어졌다.

"고, 고맙긴. 앞으로 내가 더 노력해서 너의 마음을 온전히 얻도록 할게. 지켜봐 줘."

―물론이지.

이윽고 카미엘이 그녀의 전화를 빼앗아 들었다.

―자, 그럼 상봉 끝났지? 이만 끊는다.

"…제발 그녀를 잘 부탁한다."

―걱정하지 마라. 거래가 성사되었는데도 고문할 정도로 미

친놈은 아니니.

이제 그는 심지를 굳게 다지기로 하였다.

"그래, 드디어 내가 꿈에도 그리던 그녀와의 삶이 펼쳐질 것이다. 꿈에 그리던."

그는 싱글벙글 웃음꽃을 피워댔다.

*   *   *

서울 성북구의 한 먹자골목으로 야구 모자를 푹 눌러쓴 사내가 나타났다.

주변 노래방이나 불법 안마 시술소의 포주들이 지나가는 그를 붙잡고 호객 행위를 해댄다.

"사장님, 노래방이나 안마방 안 필요하세요? 예쁜 아가씨들 많아요!"

"됐어요."

"에이, 정말 예쁜데! 너무 예뻐서 내가 다 아쉽네, 한번만 보고 가세요!"

"……."

한 번의 고사 이후엔 말도 한마디 내뱉지 않는 그를 보며 포주들은 이내 눈길을 돌렸다.

그런 유혹의 손길이 닿은 그에겐 아무런 표정의 변화가 없었다.

잠시 후, 그는 골목길 깊숙한 곳에 있는 공중전화 앞에 섰다.

공중전화는 빛이 바래다 못해서 거미줄과 이끼까지 끼어 있었지만 카드를 인식하는 사출구는 멀쩡했다.

그는 카드로만 작동하는 전화기의 수화기를 들었다.

뚜우—

전화기를 들자 신호를 기다리는 대기음이 들렸다.

그는 카드리더기에 공중전화 카드를 넣었다.

딸깍, 딸깍!

카드가 안에서 몇 번인가 왔다 갔다 하는 소리가 들리더니 이내 잔액이 표시되었다.

0.00.0.00.0

원래 전화기에 카드를 넣으면 해당 잔액이 원 단위로 표시되지만 이건 무슨 좌표를 보는 것 같은 느낌이다.

이윽고 그는 수화기를 내려놓았다.

"후우……."

수화기를 내려놓은 그는 담배를 꺼내어 한 대 피워 물었다.

치익.

담배가 타들어가는 소리만 들릴 뿐 골목길에선 어떤 소리도 들리지 않았다. 잡소리가 들린다면 저 멀리서 들려오는 먹자골목의 요란한 광고 음악들이 내는 소음뿐이었다.

잠시 후, 내려놓은 수화기에서 벨소리가 울렸다.

따르르르르릉!

그는 곧장 전화를 받았다.

"네, 접니다."

—아직 살아 있었군.

"덕분에 죽을 뻔했지요."

—후후, 그랬군. 미안하게 되었어. 놈들이 생각보다 무서운 놈들이라 일이 마음처럼 잘 풀리지 않아.

"당신들도 충분히 무서운 사람들이라고 생각했습니다만?"

—무섭지. 객관적으로 봤을 때엔 조금 무서울 수도 있겠지. 하지만 그놈들은 차원이 다르다고.

"…아무튼 간에 일은 처리해 주실 수 있는 거지요?"

—부하들만 벌써 오천 명 넘게 잃었어. 더 이상 잃을 것도 없다. 우리가 이번 일에 성공하여 잃은 것을 복구하지 못한다면 다시는 재기에 성공하지 못하게 될 거야. 우리도 사활을 걸었다고.

그제야 사내는 안도의 한숨을 내쉬었다.

"후우, 다행입니다."

—하지만 알아둬. 우리가 최선을 다하고 있을 때 저들 역시 가만히 있지는 않는다는 것을 말이야.

"그, 그런 무책임한 말이 어디 있습니까?! 난 어쩌라고요!"

―알려주는 거잖아? 그대로 가만히 앉아서 당하고 있느니 도 망이라도 치라고 말이야.

"…고마워서 눈물이 다 나려고 하네요."

―후후, 아무튼 간에 일이 실패했으니 너에게 선물을 하나 주겠어. 뭐, 사죄의 의미라고나 할까?

"그게 뭔데요?"

―메모할 것이 있으면 어서 꺼내. 시간이 별로 없으니 암기하려면 하고.

"잠깐만요."

그는 주머니를 뒤적거려 보았으나 적을 만한 것이 마땅치 않았다.

결국 그는 담뱃재를 침에 잘 개서 연필을 삼았다.

"불러요."

―451―4545―4545―0098**

사내는 그가 불러주는 대로 적기는 했지만 이게 도대체 무슨 의미인가 싶다.

"이게 뭔데요?"

―이탈리아 중앙은행 계좌야. 비밀번호는 성경의 첫 구절인 창세기 1장이야. 글귀를 물어보면 그것을 이탈리아어로 번역해서 입력하면 돼.

"은행에 돈이 들어 있나요?"

—꽤 많아. 한화로 한 30억쯤 되려나?

"왜 이걸 저에게……."

—말했잖아. 위자료라고 생각해. 네 배후에 있는 그놈도 보통은 아닌 것 같으니 지금 당장 피신하라고. 아직 여권은 정지되지 않았을 것 아니야?

"그건 그렇죠."

—그럼 알아서 피해. 아마 우리가 실패하든 성공하든 간에 당신은 살아남기 힘을 테니까.

그는 전화를 끊자마자 근방에서 수첩을 사다가 숫자와 문자를 적어 내려갔다.

"창세기 1장, 창세기 1장……."

이제 남은 것은 그가 지켜야 할 사람을 데리고 피신하는 것이었다.

*　　　　*　　　　*

집으로 돌아온 철수는 당장 아내의 약부터 찾아보았다.

"약, 약은 얼마나 남았어?"

"한 보름치 남았나? 근데 그건 왜요? 벌써 병원에 가게?"

"아니야. 그건 아니야."

그는 여행 가방을 꺼내어 가벼운 옷가지를 챙겼다.

"약부터 챙겨. 어서!"

"왜 그래요, 갑자기?"

"떠나야 해. 지금 이곳에 있다간 우리 둘 모두 어떻게 될지 모른다고."

"하지만 이곳을 떠나 어디로 간단 말인가요?"

"이탈리아에 내 지인이 계좌를 터놓았어. 오늘 확인해 보니 돈은 확실히 들어 있고 그것을 인출할 수 있어. 유로를 인출해 왔으니 당장 떠나자. 지금 찾아놓은 돈은 여비뿐이고 나머지 잔액은 이탈리아 중앙은행을 찾아가면 다 인출할 수 있대. 그 돈이면 당신 병도 고치고 우리는 행복하게 살 수 있단 말이야."

그녀는 연신 고개를 갸웃거리면서도 남편의 말이니 기꺼이 따르겠다며 고개를 끄덕였다.

"알겠어요. 그곳으로 가요."

"내가 티켓은 이미 예매해 두었어. 일단 가기만 하면 된다는 소리지."

철수와 영희가 바쁘게 짐을 싸고 있는 사이, 그의 집으로 경찰차들이 몰려들기 시작했다.

위잉, 위잉, 위잉!

순간, 철수의 표정이 싸늘하게 굳어졌다.

"이런 씨발!"

"왜, 왜 그래요? 무슨 일 있어요?"

"일단 짐부터 싸놔. 내가 알아서 할게."

철수는 어려서부터 호신용으로 사용하던 회칼을 찾아 그것을 허리춤에 잘 갈무리하였다.

여차하면 그들을 모두 찔러 죽이고 도주하겠다는 생각을 한 것이다.

하지만 막상 밖으로 나가보니 경찰차의 숫자가 생각보다 많았다.

그는 조금 상기된 얼굴로 경찰을 맞이하였다.

"무슨 일이시죠? 왜 이 좁은 골목에 차를 세워두신 건가요?"

"신고를 받고 왔습니다. 선생님께서 해외로 뜨려고 한다면서요?"

"…네?"

"당신 같은 사람이 해외로 뜨면 우리는 뭐 어떻게 하라는 겁니까? 다 죽으라는 소리인가요?"

순간, 철수는 뭔가 일이 잘못되어 간다는 것을 절감하였다.

"내가 외국으로 뜨든 어쨌든 당신들이 무슨 상관인데요? 대한민국 국민이 무비자로 입국할 수 있는 나라로 여행을 떠나는 것이 큰 범죄인가요? 우리는 여권에 결격 사유도 없는 사람들이라고요."

"알아요. 법적으로는 그렇지요. 하지만……."

철컥!

경찰들이 일제히 경광봉을 뽑아 들었다.

"그분께서는 그리 생각하지 않으실 겁니다."

"이런 빌어먹을!"

이제 보니 경찰들은 김진태의 끄나풀인 모양이다.

"연이 닿지 않은 곳이 없군그래."

"자, 순순히 따라오십시오. 그럼 사모님의 목숨만큼은 살려드리겠습니다."

철수는 경찰들 앞에 회칼을 꺼내 들었다.

스릉!

"그럴 수야 있나? 네놈들이 나를 억압하려는데 순순히 따라갈 것 같아?"

"경관을 찌르면 경관 상해죄입니다. 그러다 죽으면 상해치사가 되는 것이고요."

"그러는 너희들은 멀쩡한 사람 잡아다 두들겨 패고 끝내는 생명을 앗아가려는 것 아닌가?"

"그렇긴 하지만 지금의 경우엔 당신이 불리하다는 것을 모르시겠어요? 당신은 범죄자, 우리는 경찰이라고요."

"제기랄! 그래, 죽이려면 죽여라! 하지만 순순히 죽지는 않겠다!"

경찰들이 철수를 때려눕히려던 찰나, 저 멀리에서 총탄이 날아들었다.

피융, 서걱!

"크허억!"

철수는 허벅지에 총을 맞고 그 자리에 엎어지고 말았다.

경찰들은 득의에 찬 미소를 지었다.

"후후, 그러게 왜 사람이 시키는 대로 하지 않아요?"

"빌어먹을 새끼들! 어느새 저격수까지 배치한 것이냐?!"

한데 한참을 웃던 경찰들의 표정이 서서히 굳어지기 시작했다.

"잠깐, 그나저나 누가 저격수를 불렀어? 특공대에 연락한 거야?"

"미쳤어? 우리도 순찰을 돌다가 부랴부랴 튀어나온 것인데."

이들은 각자 관할도 다르고 소속도 달라서 마치 짜깁기를 한 것 같은 느낌이다.

그런 그들에게 경찰특공대가 웬 말이겠는가?

잠시 후, 그들의 불안한 눈동자를 뚫고 또 한 발의 탄환이 날아들었다.

피융.

픽!

"끄아아악!"

"뭐, 뭐야?!"

한 발의 탄환이 날아들자마자 사방에서 소총탄이 비 오듯 떨어져 내렸다.

펑펑펑펑!

결국 그들은 경찰차 안으로 숨어들거나 엄폐물을 찾아 숨었다.

그렇지만 놀랍게도 탄환은 그들의 위치를 귀신같이 잡아내 끝까지 타격하였다.

펑펑!

"쿨럭쿨럭!"

이제 남은 경찰이 한 명도 없을 때쯤에서야 어둠에서 그들이 모습을 드러냈다.

검은색 복면을 쓴 중년이 다리를 맞고 쓰러져 있는 철수에게 다가갔다.

"당신이 플로이다의 끄나풀이오?"

"제기랄! 몰라! 모른다고!"

"말만 잘하면 살 수 있소. 당신과 당신 아내까지 함께 말이오."

순간, 그의 눈이 중년을 향했다.

"내가 당신을 어떻게 믿지?!"

"믿을 수 없다면 말고. 도움을 주려고 해도 끝까지 오리발이면 좀 힘들어지지."

"으으……!"

아마 심장이 약한 영희는 지금쯤 주저앉아 있거나 쓰러져 있을지도 모른다.

철수는 아내를 위해 도박을 해보기로 했다.

"알겠다. 당신들을 믿도록 하지."

"좋소, 그럼 당신의 아내는 우리의 의료진이 맡을 테니 같이 좀 갑시다."

그는 자신을 부축하여 일으켜 세우는 그들을 바라보며 물었다.

"그나저나 어디서 온 사람들이기에 이런 말도 안 되는 상황을……."

"유엔에서 나왔소."

"유, 유엔?"

"자세한 얘기는 일단 이곳을 빠져나간 이후에 합시다."

그는 아내와 함께 자칭 유엔에서 왔다는 사람들을 따라 걸었다.

*   *   *

한국대사관 주재 유엔연합군병원 중환자실에 영희가 입원 절차를 밟아 들어왔다.

삐빅, 삐빅.

그녀는 현재 제네바 유엔통합병원으로 옮기기 위하여 종합검사를 마치고 안정을 취하는 중이었다.

순백색 병실을 가로막은 유리창 너머로 점점 안정을 찾아가는 아내를 바라보는 철수의 눈동자가 조금씩 흔들리고 있다.

병색이 완연하던 그녀가 조금이나마 편안해하는 모습을 보니 철수의 마음이 좋으면서도 심란했던 것이다.

솔로몬은 그녀가 앞으로 치를 투병생활에 대해서 설명하였다.

"부인은 우리가 책임지고 치료 과정을 밟게 할 것이오. 당신은 그저 앞으로 우리와 함께 김진태를 잡아 처넣는 일에만 전념하면 되는 것이외다."

"고맙습니다."

철수는 솔로몬이 왜 자신에게 이런 기회를 준 것인지 궁금해졌다.

"나 같은 브로커는 많아요. 왜 하필이면 나입니까?"

"간단하오. 당신이 김진태와 관련이 되었기 때문이오. 다른 이유는 없소."

"김진태와 관련되었다는 이유 하나만으로 나를 선택했다고요?"

"왜? 그러면 안 되는 이유라도 있소?"

"아니요. 그런 것은 아니지만 나는 실패한 브로커입니다. 나를 기용해 봤자 좋을 것 없을 텐데요?"

"있소. 때론 실패한 사람이 필요한 곳도 있소. 그리고 당신이 실패했다고 생각한 그것이 우리가 해결하려는 그 일의 실마리가 될 수도 있다오."

아직까지 철수는 자신이 이 일에 왜 필요한 것인지 알 수가 없었지만 그래도 아내를 치료해 주겠다는 그의 제안을 거부할 수가 없었다.

일이야 어찌 되었든 간에 철수는 아내를 살리고 그녀를 행복하게 해주는 것이 인생의 목표인 남자였다.

그는 솔로몬에게 강한 의지를 내비쳤다.

"당신이 무슨 의미에서 나를 데리고 온 것인지는 모르겠지만 아내를 치료해 준다면 이 한목숨 바칠 수 있습니다."

"후후, 목숨을 바칠 필요는 없소. 그건 반대로 내가 용납하지 못할 테니까."

솔로몬은 철수에게 김진태를 옭아맬 방법에 대해 설명하였다.

"당신은 앞으로 김진태가 법정에 나설 때 유죄 판결을 때릴 수 있는 유력한 증거들을 수집해 주면 되오. 그리고 그 증거들을 바탕으로 김진태를 법의 심판 위에 세울 것이오."

"증거 수집이라……."

"실패한 사람이니 잘 알 것 아니오. 그가 왜 이런 짓까지 벌여가며 난리를 피웠는지 말이오."

그는 자신이 왜 이 임무에 동원된 것인지 곰곰이 생각해 보았다.

"김진태는 그를 증거라고 불렀습니다."

"증거?"

"어떤 사건에 대한 증거인 것 같았습니다. 자세히는 몰라도 그 증거가 생명을 보존하는 날엔 모든 것이 끝난다고 말했지요. 그것은 나 같은 피라미는 감당할 수도 없는 일이라고 누누이 강조했습니다."

"증거라……. 제주도 몬스터 창궐 사건과 관련이 된 것인가?"

"그게 어떤 증거인지는 나도 잘 모릅니다. 하지만 김진태가 지금과 같이 발악하는 것은 모두 그 사건에 대한 증거이몔 때문이라는 것은 확실합니다."

"으음."

솔로몬은 김진태의 뒤에도 뭔가 거대한 흑막이 있다는 것을 직감하였다.

'하루 이틀 내로 해결될 문제는 아닌 것 같군.'

그는 철수에게 손을 내밀었다.

"아무튼 잘해봅시다. 이번 일만 잘 해결되면 당신은 앞으로 그 누구의 간섭이나 감시를 받지 않고 살아갈 수 있게 될 것이오."

"알겠습니다. 잘 부탁드립니다."

솔로몬은 이 사건을 조사하는 스칼렛을 찾아가 앞으로의 일에 대해서 논의하기로 했다.

*   *   *

영희와 같은 병원에 입원하고 있던 스칼렛은 지하 휴게실로 나와 솔로몬을 기다리고 있었다.

"후우……."

평소에는 잘 피우지 않는 담배이지만 병원 생활이 워낙 지루하다 보니 이렇게 담배에 손을 대게 된 그녀이다.

휴게실에 앉아 담배를 피우고 있는 그녀에게 솔로몬이 다가왔다.

"오래 기다렸나?"

"아닙니다. 같이 한 대 피우시죠."

"그럼 그럴까?"

헤비스모커는 아니더라도 담배를 꽤 좋아하는 솔로몬은 그녀와 함께 앉아 한국산 담배에 불을 붙였다.

치익!

그는 약간은 텁텁하고 끝 맛은 씁쓸한 한국산 담배를 피우다가 이내 고개를 갸웃거렸다.

"어디선가 많이 맛본 맛인데?"

"디스라고, 아마 한국군과 생활을 해보셨다면 꽤 많이 피워보셨을 겁니다."

솔로몬은 그제야 무릎을 탁 쳤다.

"아아, 디스! 이야, 이게 도대체 얼마만이야? 요즘은 편의점에 가도 안 팔던데?"

"예전의 디스는 이제 판매가 안 될 겁니다. 그동안 세월을 타면서 대중들의 입맛도 많이 변했을 테니까요."

"그런데 자네는 이 담배를 어떻게 구했나?"

"아주 오래전에 지어진 군수창고가 있었는데, 그곳이 몬스터의 습격을 받아 한 십 년쯤 방치되었답니다. 그리고 십 년 후에 창고를 되찾고 그 안에 있던 보급품들을 한국군이 수령하게 된 것이지요."

"그럼 이 담배는 그때 발견된 것인가?"

"예, 그렇습니다. 생산 년도는 2007년이라고 되어 있군요."

담배에는 면세품 도장이 찍혀 있었는데 이것은 아마 보급된 담배인 것 같았다.

솔로몬은 실소를 흘렸다.

"참, 자네는 이런 물건을 잘도 구하는군."

"이런 물건이 박스로 50개나 있습니다. 운이 좋게도 그곳에 큐브형 몬스터가 서식하고 있어서 담배가 변질되지 않은 채로 보존되었지요. 정말 운이 좋았습니다."

아무리 담배가 진공 포장이 되어 있더라도 습기나 온도에 따라서 보관 기간이 오래되면 맛이 변질될 수밖에 없다.

그렇지만 지금 이 경우엔 몬스터가 통째로 창고를 집어삼켰기 때문에 담배의 맛이 그대로 보존될 수 있었던 것이다.

"아무튼 한국군의 사라진 연초를 다시 보니 내가 다 반갑군."

"오래된 연초라서 폐기 처분 한다는 것을 제가 뒷돈을 찔러주고 사왔는데, 지금은 그 몇 배를 받고 되팔 수 있게 되었습니다. 생각보다 예전 것을 좋아하는 사람들이 많더라고요."

"횡재했군. 이런 경우를 보고 엔틱 재테크라고 하나?"

"뭐, 그 비슷하다고 봐도 됩니다."

시시콜콜한 얘기로 잠시 시간을 보낸 두 사람은 이제 본격적으로 자신들이 해야 할 일에 대해 논의하였다.

"그나저나 단장님께서 아주 좋은 건수를 하나 잡았다면서요?"

"그래, 이번엔 아주 제대로야. 잘만 하면 김진태 사건을 한 방에 해결할 수도 있겠어."

"음, 그렇군요."

"장철수라는 저 증인과 아내의 신변만 제대로 보장할 수 있다면 이 일에 변수는 없어."

"드디어 두 다리 뻗고 잘 수 있는 날이 오겠군요."

그는 탁동훈의 근황에 대해 물었다.

"그 탁동훈이라는 놈도 이번 사건과 관련이 있어. 그놈이 몬스터의 줄기세포를 이식받았을 확률이 높고 정부의 끄나풀과 관련이 있으니 놈을 추격하는 일도 꽤 중요하다고 볼 수 있어."

"멀쩡히 직장 생활을 하고 있더군요. 도대체 무슨 생각인지는 몰라도 계속 정부청사를 다니면서 업무를 보고 있답니다."

"흠, 뻔뻔한 놈이로군."

"다른 시각으로 본다면 백그라운드가 제법 든든하다고 볼 수도 있지요."

"그놈의 백이 도대체 누구야? 누군데 그렇게 말도 안 되는 짓거리를 하면서도 지금까지 적발되지 않은 거지?"

"확실하지는 않지만 놈의 통화 내역에 김진태가 엮여 있었습니다. 아무래도 그놈과 김진태가 관련이 있는 것 같기도 해요."

"흠, 그렇다면 김진태와 탁동훈 등등이 큰 그림을 그리고 이번 작전의 판을 짠 것이다, 뭐 이렇게 볼 수도 있겠군."

"그렇지요."

"좋아, 그럼 이렇게 가정하고 자네가 완쾌하는 대로 수사에 착수하도록 하지."

"예, 알겠습니다."

두 사람은 휴게실에 앉아 마저 담배를 태웠다.

＊　　　　＊　　　　＊

끼룩끼룩!

갈매기 우는 소리가 가득한 삼척 정라항에 검은색 자동차 한 대가 미끄러지듯 달려왔다.

자동차 안에는 마리아를 제외한 플로이다의 수뇌 세 명이 탑승해 있었다.

운전대를 잡은 제프는 거리에 가득한 헌병들과 경찰들을 바라보며 눈살을 찌푸렸다.

"경계가 삼엄하군."

"그래봤자 일개 군대의 병력일 뿐이다. 우리에겐 그리 큰 문제가 되지 않아."

"하긴."

지금까지 이들은 적진을 뚫고 정계 유명 인사는 물론이고 군 수뇌부까지 다수 제거해 본 경험이 있으니 이 정도는 그리 큰 문제도 아니었다.

잠시 후, 봉황산 비탈로 차량이 빠르게 올라갔다.

부아아아앙!

경사가 꽤 높은 봉황산 초입으로 차를 몬 제프는 저스틴에게 길을 물었다. 갈림길이 꽤 많아 초행자는 길을 찾기 힘들었기 때문이다.

"어디로 가면 되는 거야?"

"여기서 오른쪽으로 올라가면 차를 숨길 만한 곳이 나와. 지금은 군이 장악했을지 모르겠지만 언뜻 보기엔 공터처럼 보였어."

"알겠어."

봉황산은 통신사 중개기가 다수 설치된 곳이기 때문에 군부대가 자주 시찰을 나오는 곳이기도 하다.

또한 꽤 많은 목진지가 설치되어 있기 때문에 유사시엔 전투부대가 출동할 수도 있었다.

평상복 차림으로 차에서 내린 그들은 늦은 밤임에도 불구하고 돌아다니는 등산객들과 마주하였다.

그들은 두런두런 얘기를 나누면서 한적한 봉황산의 정취를 맛보고 있었다.

메이슨은 그런 등산객들 사이에 섞여 봉황산의 전경이 고스란히 담겨 있는 지도를 펼쳤다.

군사용으로 나온 지도가 아니라서 등고선은 표시되어 있지 않았지만 어지간한 시설은 거의 다 표기되어 있었다.

그는 지도에서 민가 몇 군데를 찾아 손가락으로 지목하였다.

"이곳들이 모두 다 놈의 집은 아닐 것이고, 어디가 그곳이라는 거지?"

"항구에서 그리 멀지 않은 곳에 있어. 아마 지금쯤이면 집을 비우고 다른 곳으로 가 있지 않을까 싶군."

"뭐, 아무튼 간에 그곳부터 먼저 찾아가 보자고."

세 사람이 카미엘의 집을 찾아 항구 쪽으로 걸어가 보니 불이 켜진 민가 몇 채가 보인다.

그중에서도 가장 구석진 곳에 있는 카미엘의 집 역시 불을 밝히고 있었다.

"놈이 집에 있는 모양인데?"

"그러게 말이야."

"생각보다 일이 쉽게 풀릴 수도 있겠는데?"

메이슨은 고개를 가로저었다.

"아니야. 그 정도의 레벨을 가진 놈이라면 분명 뭔가 단단히 방비를 해두었을 거야. 일단 주변부터 살피기로 하지."

지금 메이슨과 제프를 따르는 부하들이 이미 삼척으로 들어와 관광객으로 위장하고 있기 때문에 타격 지점과 시간만 잡는다면 곧바로 타격이 가능했다.

메이슨은 최대한 조심스럽게 그의 집으로 접근하여 동향을 살폈다.

일전에 겪은 그런 최악의 사태에 직면하지 않기 위해선 최대한 조심을 기해야 했다.

야간 투시경으로 주변을 살핀 세 사람은 특별한 위험을 감지하지는 못했다.

"으음, 별것은 없는 것 같은데?"

"이상하군. 최소한 경찰 몇 명이라도 달고 있어야 정상 아닌가?"

"내가 말했잖아. 저놈은 우리가 생각하는 그런 놈들과는 차원이 다르다고 말이야."

"그렇다고 아무런 방비도 없이 우리를 기다려?"

"흠……."

일이 너무 쉽게 풀려도 이들에게는 좋을 것이 없었다.

그만큼 상대방이 더욱 교묘하게 방비를 해두고 있다는 소리이기 때문이다.

제프는 메이슨에게 앞으로의 방향에 대해 물었다.

"어떻게 할 거야? 지금 칠 거야?"

"아니, 그럴 수는 없지. 조금만 상황을 지켜보도록 하지."

그는 집에 사람이 있는지 확인하기 위하여 창문에 돌멩이를 집어 던졌다.

부웅!

힘껏 집어 던진 돌멩이가 창문을 뚫고 안으로 들어가 한바탕 난리를 피워댔다.

쨍그랑!

제아무리 성격이 좋은 사람이라도 자신의 집 유리창을 깨부수는 사람을 가만히 내버려 두지는 않을 것이다.

만약 집에서 별 생각 없이 지내던 것이라면 그의 이런 행동에 자극을 받을 것이다.

잠시 후, 잠옷 차림의 카미엘이 집 밖으로 걸어나왔다.

"어떤 개⋯⋯."

주변을 두리번거리며 범인을 찾는 모습이 영락없는 집주인의 그것이다.

메이슨은 지금이 기회라면 기회라고 생각했다.

"저 안에 뭘 잔뜩 가져다 놓았는지는 몰라도 지금 치면 적어도 절반은 승산이 있겠어."

"좋아, 그럼 우리가 저놈을 마크하는 동안 동료들을 불러 모아 마무리하면 되겠군."

"대신 빈틈은 없어야 할 거야. 저놈이 도주하게 되면 일이 꽤 복잡해질 테니까."

메이슨의 신호에 따라 두 사람이 아주 조심스럽게 집으로 다가갔다.

여전히 역정을 내고 있는 카미엘에게 천천히 다가간 메이슨이 먼저 권총을 꺼내 들었다.

철컥!

그는 권총에 소음기를 끼운 후 슬그머니 총구를 들이밀었다.

이제 그의 허벅지와 어깨 등을 쏘아 제압하고 포박하면 일차적으로 작전은 성공하게 되는 셈이다.

그는 망설임 없이 카미엘의 허벅지를 총으로 쐈다.

피융!

날카로운 파공성을 내며 날아간 탄환이 카미엘의 허벅지를 관통하자 그의 몸이 옆으로 기울었다.

"으윽?!"

"성공이군."

제프는 기울어진 카미엘의 목덜미와 정강이에 총알을 한 발씩 더 박았다.

핑, 핑!

이 정도 타격이라면 제아무리 미친 괴물이라도 반격은 쉽지 않을 것이다.

메이슨은 주머니에서 케이블타이를 꺼내어 카미엘에게 다가갔다.

"이젠 정말 끝을 볼 때가 된 모양이군."

"…네놈들은?!"

"그래, 나는 몰라도 저스틴은 잘 알고 있겠지."

그는 자신의 곁에 있는 저스틴의 얼굴을 바라보며 말했다.

"자네도 갚아주어야 할 것이……"

하지만 그의 곁에 있어야 할 저스틴이 보이지 않았다.

"저스틴……?"

"어, 어라? 녀석이 없어진 것 같은데?"

바로 그때, 자리에 누워 있어야 할 카미엘이 멀쩡한 얼굴로 일어섰다.

"후우, 연기는 정말 아무나 하는 것이 아니구나."

"뭐, 뭐야?! 도대체 어떻게……?"

"어떻게 된 것이냐고? 간단해. 나는 권총 따위로 죽일 수 있는 몸이 아니야. 그렇다고 총에 맞아도 상처 하나 안 입는 것은 아니지만 그것을 가능케 해주는 장비들이 나의 손을 통하여 만들어졌지."

그가 바지춤을 들어 올리자 파란색 판금으로 만들어진 보호구가 모습을 드러냈다.

아무래도 저 얇은 판 하나 때문에 총알이 뚫고 들어가지 못한 것 같았다.

"애초에 우리가 올 것을 알고 있던 모양인데?"

"후후, 멍청한 놈들. 당연한 소리를 하고 있군. 도대체 그런 머리로 어떻게 세계적인 조직의 우두머리가 되었는지 궁금하다."

"머리는 나쁘다. 하지만 네놈을 잡아 족칠 수 있을 만한 배짱은 충분하다."

메이슨은 부하들과 연결된 무전기를 들었다.

"두목이다. 작전을 시작하자."

"으음? 날파리들까지 데리고 왔어? 이것 참, 귀찮게 되었군."

곧 죽을 사람치고는 입이 너무 살아 움직이긴 했지만 두 사람에겐 큰 문제가 되지 않았다.

"시작하자."

—알겠습니다.

소총을 든 히트맨들이 올라오기 전에 저격총을 든 스나이퍼들이 카미엘의 전신을 노리며 총을 쐈다.

펑펑펑!

하지만 그 총알은 카미엘에게 닿기도 전에 바닥으로 우수수 떨어져 내렸다.

끼이이잉!

"으, 으으윽!"

귓전을 날카롭게 울리는 고주파 때문에 귀를 부여잡은 그들에게 카미엘이 손을 뻗었다.

"총으로 흥한 자, 총으로 망하리라고 네놈들이 잘 아는 누군가가 말했지."

"이 새끼, 가만두지 않겠다!"

메이슨이 바지춤에 숨겨둔 전기 충격기를 꺼내 들었다.

"이거나 먹어라!"

총알을 막아내는 판금이라고 해도 전기 충격기의 고압 전력까지 어떻게 하진 못할 것이 분명했다.

하지만 카미엘은 전기 충격기를 맞고도 멀쩡했다.

콰지지지지직!

"전기가 아깝군."

"허, 허억! 저놈, 도대체 정체가 뭐야?!"

"이만한 장비를 가지고도 지금과 같은 성능을 내지 못한다면 나 같은 마도학자들은 이미 굶어 죽었을지도 모른다."

"…뭔 개소리야?"

"그런 것이 있어. 아무튼 간에 너희들은 오늘 살아서 이곳을 빠져나가기 힘들 것이다.

순간, 메이슨은 애초에 일이 너무나도 잘못되었다는 것을 느꼈다.

'뭘 해도 안 통하는 이런 놈은 처음이다. 애초에 이놈은 우리가 어쩔 수 있는 놈이 아니었는지도 모른다.'

메이슨은 태어나 처음으로 막막함이라는 것을 느꼈다.

*　　　　*　　　　*

카미엘은 자신을 향해 줄을 지어 달려오고 있는 히트맨들을 바라보았다.

저벅저벅!

그들은 생각보다 높고 가파른 산비탈을 내달리면서도 지친 기색이 전혀 보이지 않았다. 그저 기계가 묵묵히 자신의 할 일을 하는 것처럼 그렇게 산비탈을 올라왔다.

카미엘은 어떤 면에선 박수를 쳐주고 싶었다.

"대단한 근성이다. 저 정도 체력을 만들자면 꽤 끈질긴 노력을 했을 텐데 말이야."

사람이 사람을 죽이기 위해선 일반인과는 비교도 할 수 없는, 심지어는 숙련된 경호원도 범접할 수 없는 경지에 이르러야 한다.

히트맨들이 인간의 경지에서 벗어난 초인이라면 플로이다의 조직원들은 그보다 한 수 위의 사람들이었다.

뛰는 놈 위에 나는 놈 있는 셈이다.

"하지만 나는 놈 위엔 비행기 타고 다니는 놈도 있지."

카미엘은 자신을 죽이기 위해 달려는 저 히트맨들을 상대하는 데엔 어차피 손속을 둘 필요가 없다고 생각했다.

그리하여 그가 생각해 낸 것이 뭐냐 하면 바로 대량 폭사 시스템이었다.

"이곳까지 온 정성을 생각해서 고통스럽게 죽이지는 않겠다. 다만 이곳을 살아서 나갈 수는 없을 거야."

"…저놈이다! 저놈을 잡아 죽여라!"

무려 500명이 넘는 히트맨들이 카미엘을 향해 득달같이 달려들었다.

그는 대량 폭사를 위하여 학살자 베르크스를 소환하였다.

베르크스는 몬스터 베르세르크를 개조하여 만들어낸 마도기계인데 어지간해선 파괴되지 않은 엄청난 맷집을 소유하고 있었다.

더군다나 사대원소를 기반으로 한 마법과 각종 살상 무기들을 장착하고 있기 때문에 전투에선 단연 최고로 손꼽을 수 있었다.

"소환!"

카미엘의 주문 한마디에 베르크스가 하늘에서 뚝 떨어져 내렸다.

쿠웅!

―치익, 치익!

짙고 깊은 연기를 내뿜으며 달려나온 베르크스의 위용은 가히 100년 묵은 곰을 연상케 했다.

"고, 곰?!"

아마 그리즐리 네 마리를 합쳐놓아도 베르크스보다는 작을 것이다.

더군다나 짙은 검은색 갑주와 앙상블을 이루는 뭉뚝한 몸통과 무식하게 두꺼운 팔다리를 보고 있자면 곰밖엔 딱히 떠오르는 단어가 없었다.

카미엘은 베르크스에게 살상 명령을 내렸다.

"죽여라!"

―치익, 치익!

베르크스는 양팔에서 총 여덟 쌍으로 이뤄진 마력 기관단총을 꺼내 들었다.

위잉, 컬컥!

"저, 저게 뭐야?"

"젠장, 그런 것을 생각할 겨를이 있나?! 쏴 죽이란 말이다!"

묵묵히 자신의 목표물을 향해 달려온 히트맨들은 베르크스의 위용에 압도되어 꿀 먹은 벙어리처럼 입만 떡 벌리고 있었다.

그런 그들을 닦달해 봐야 나아지는 것이 없다는 것을 잘 아는 메이슨으로선 기가 찰 노릇이었다.

하지만 그러거나 말거나 베르크스는 마력 기관단총으로 자신의 앞에 있는 히트맨들을 모조리 쓸어버리기 시작했다.

피비비비비빙!

탄환이 날아들어 히트맨들의 몸을 스치고 지나갈 때마다 사방에서 고기 타는 냄새가 진동하였다.

"우, 우웨에에엑!"

비위가 약한 사람들은 먹을 것을 다 게워내고 심지어 그 자리에 기절하는 사태까지 벌어졌다.

사람이 그 자리에서 통돼지 바비큐처럼 익어가는 모습을 냄새와 함께 견뎌내야 하는 고통은 인간으로선 감당하기 힘든 것이었다.

제아무리 살수로서 오래 살아온 그들이라고 하지만 동료의 살코기 냄새를 맡는 것은 쉽지 않은 일이었다.

기관단총으로 한껏 재미를 본 베르크스는 곧바로 무기를 바꾸어 들었다.

스르르릉!

길이 3미터에 두께 1미터의 거대한 언월도 한 쌍을 꺼내 든 베르크스는 그것을 팔에 장착하여 양팔을 낫처럼 만들었다.

베르크스는 그것을 서로 교차시키면서 오뉴월에 풀을 베듯 히트맨들의 목을 털어내기 시작했다.

서걱, 서걱!

단 일격에 50명이 넘는 사람들이 죽어나가니 히트맨들은 그야말로 속수무책으로 당할 수밖에 없었다.

아마 이대로 시간이 조금만 더 흐른다면 히트맨들은 이곳에서 모두 전멸하고 말 것이다.

그럼에도 불구하고 플로이다의 조직원들은 한 치의 망설임도 없이 베르크스를 공격하였다.

"우리가 넘어야 할 산이다! 이놈을 쓰러뜨리지 못하면 어차피 우리는 다 죽어!"

"예!"

카미엘은 불굴의 의지로 베르크스를 넘어서려는 플로이드들에게 외쳤다.

"항복하면 목숨만은 살려주겠다!"

"시끄럽다, 이 버러지 같은 자식아!"

"…끝까지 내 말은 듣지 않겠다 이거군."

"죽이려면 죽여라! 하지만 여기서 결코 무릎을 꿇지는 않을 것이다!"

카미엘은 적당히 데리고 놀다가 투항을 권고하면 알아서 고개를 숙일 줄 알았는데 의외로 투사 노릇을 하는 수뇌부들에게 박수를 보냈다.

"뭐, 이 정도면 잘 버틴 것이지. 어차피 배후만 캐내면 끝나는 문제이니 나머지 피라미들은 이쯤에서 보내주기로 하자고."

그는 베르크스의 뒤로 라바를 소환하였다.

—끼릭, 끼릭.

"1번 탄 발사!"

철컥, 퍼엉!

고속탄이 날아와 우르르 뭉쳐 있는 히트맨들을 일거에 쓸어버렸다.

콰앙!

사방으로 익은 살점이 튀어 다니면서 인간으로 만든 폭죽놀이가 벌어졌다.

하지만 이 잔악한 상황에서도 메이슨은 결코 항복할 생각이 없어 보였다.

"죽여! 죽이란 말이다! 하지만 우리는 결코 물러서지 않는다!"

"지독한 놈이로군. 저놈만 없어지면 모두가 조용해지려나?"

카미엘은 소총을 꺼내어 몬스터용 마취제를 발사하였다.

피융!

한창 발광하던 메이슨은 카미엘이 쏜 마취총에 목덜미를 맞았다.

퍽!

"크허억?!"

"스치기만 해도 한 방에 잠들어 버리는 마취총이다. 어때? 맛이 좀 괜찮은가?"

"으으으……."

침을 질질 흘리면서 쓰러지는 메이슨을 바라보며 히트맨들이 당황하여 소리쳤다.

"어, 어어?! 두목!"

"젠장! 어디서 저런 괴물딱지 같은 자식이 튀어나온 거야?!"

"네놈들 행동하는 꼬락서니를 보고 있자니 내 속이 좀 타야지 말이야."

"…빌어먹을!"

"아무튼 간에 이제 슬슬 사건을 정리하고 수뇌부를 고문하는 즐거운 시간을 가져볼까?"

카미엘은 자신의 아공간을 개방하여 초당 500개의 소형 로봇을 소환하였다.

끼릭, 끼릭!

마치 전 세계 태엽시계를 죄다 모아놓은 듯 째깍째깍 하는 소리가 봉황산 자락을 온통 울리고 다녔다.

만약 인해전술로 이렇게 밀어붙인다면 전 세계 그 어떤 나라도 점령하지 못할 나라가 없을 것 같았다.

히트맨들은 자신들을 향해 밀물처럼 밀려드는 기계들에게서 도망치기 위하여 발버둥 쳤다.

탕탕탕!

"저리 가! 저리 가란 말이야!"

끼릭, 끼릭!

전기 충격기를 쓰는 녀석, 소형 총기를 쓰는 녀석, 미니 로켓을 쓰는 녀석, 광자탄을 쓰는 녀석 등등 그 종류를 셀 수 없을 정도로 다양한 로봇들이 히트맨들을 족치고 다녔다.

콰지지지지직!

"크으으으으으윽!"

"이런 씨발! 도대체 저놈의 정체가 뭐야?! 사람이 맞기는 한 것인가?!"

"사람은 사람이지. 다만 너희들 같은 버러지들과는 차원이 다르다는 것뿐."

카미엘은 발걸음도 가볍게 걸어와 메이슨과 제프를 사로잡았다.

딸깍!

전기 충격기가 내장된 수갑과 족쇄를 채운 카미엘은 그들을 베르크스의 어깨 위에 올려놓았다.

"으싸, 이런 미련한 곰탱이가 한 마리쯤 있으면 편하다니까."

―치익?

"가자."

베르크스는 두 사람을 어깨에 짊어진 채 카미엘을 뒤따랐다.

*   *   *

그날 저녁, 강원지방경찰청에서 파견된 대인원이 오늘 아침에 벌어진 대규모 살해 사건을 조사하는 중이다.

경찰은 신분을 확인할 수 없는 외국인들이 대거 죽어 있다는 점에 대하여 대규모 테러가 일어난 것이 아닌가 하는 심증을 내어놓았다.

그렇지만 이렇게 많은 사람을 죽여놓았는데도 그 흔한 지문 하나 나오지 않았다는 것은 말도 안 되는 일이었다.

강원지방경찰청 수사국장 김태식 경무관은 이것을 도대체 어떻게 설명해야 할지 난감했다.

"흠, 분명 기자들이 냄새를 맡고 몰려올 텐데 뭐라고 둘러대야 하나?"

사람이 죽었다면 반드시 죽인 사람이 있을 텐데, 그런 흔적이 전혀 없다는 것은 너무나 의외의 일이었다.

김태식 경무관은 대규모 테러에 대한 생각을 접고 다른 시각으로 접근하기로 했다.

"이봐, 박 경감."

"예, 국장님."

"이놈들 이거 아무래도 이권 다툼 때문에 패싸움을 일으킨 것 같지 않아?"

"만약 놈들이 한국인이라면 충분히 그럴 수도 있습니다만, 이놈들은 모두 유럽 계열의 혈통입니다만?"

"유럽 계열 혈통이라고 해서 한국을 무대로 싸움을 벌이지 말라는 법도 없지 않나?"

"으음, 그건 그렇습니다만······."

박현태 경감은 조금 다른 의견을 냈다.

"하지만 국장님, 이놈들이 죽은 형태로 미뤄볼 때 타살이 맞는 것 같습니다."

"타살? 자네는 최종적으로 피살이라 결론을 지은 건가?"

"예, 그렇습니다. 만약 싸움이 벌어진 것이라면 이 중에 살아남은 사람이 있거나 최소한 민가로 한두 명쯤은 내려와야 정상입니다. 그렇지만 주변의 검문소에선 이곳을 빠져나간 사람이 없다고 증언하지 않았습니까?"

"그야 그랬지."

"아마도 제 생각엔 누군가 이 많은 사람을 학살한 것으로 보입니다."

"이것 참……."

피살이나 세력 다툼으로 인한 쌍방 상해치사이거나 전부 사람이 죽은 사건인 것만은 틀림이 없으나 문제는 피살일 경우였다.

상해치사야 서로가 이권을 놓고 싸운 것이기 때문에 시신을 처리하고 그 시신에 대한 정보만 얻어서 인터폴에 넘기면 해당 국가의 경찰들이 찾아와 알아서 수습하면 끝이다.

하지만 이곳에서 학살이 자행되었다는 것은 생각보다 훨씬 더 심각한 일이었다.

"몬스터도 아니고 외국인을 이곳에서 학살했다니, 믿기지 않는 얘기 아닌가?"

"하지만 국장님께서도 이 사건이 피살이라고 생각하고 계시지 않습니까?"

"흠……."

가장 먼저 피살 의견을 낸 사람은 이 중에서 가장 현장 경험이 풍부한 김태식이었다.

그러나 그는 이 엄청난 인원이 다 살해당했다고는 결코 믿을 수가 없었다.

"아무튼 간에 일이 이렇게 되었으니 조사를 더 철저히 하는 수밖에. 그리고 당분간 이 사건은 매스컴에 노출시키지 않는 쪽으로 하세."

"예, 알겠습니다."

오늘따라 유난히도 현장이 힘들게 느껴지는 김태식이다.

그는 조금 신경질적으로 넥타이를 풀었다.

"후우, 술이나 한잔해야겠군. 나 먼저 들어가 볼 테니 현장 관리 잘해두게나."

"예, 알겠습니다. 살펴 가십시오."

수사국장으로서 이 엄청난 사건을 외면할 수 없어서 찾아오긴 했지만 참변의 현장을 보고 난 이후의 기분은 그리 좋지 않았다.

김태식은 강릉으로 향했다.

"강릉으로 가자."

"예, 알겠습니다."

운전병은 김태식의 차를 운전하여 강릉으로 진입하는 도로로 몰았다.

부르르르릉!

비록 세컨드 카로 사용하고 있는 자신의 외제 승용차보다는 못해도 그나마 그가 편히 쉴 수 있을 정도의 공간은 충분한 차였다.

그렇지만 어쩐지 그의 마음이 편치가 않았다.

'뭐지, 이 싸늘한 느낌은?'

경찰 생활을 오래하다 보면 특유의 감이 고도로 발달하게 된다.

흔히 육감이라고 부르는 이 감각은 눈썰미와 함께 숙성되어 감으로 범인을 추정할 수 있을 정도가 되어간다.

그는 이번 사건이 뭔가 엄청난 파란을 몰고 올 것 같다는 생각이 들었다.

"…술은 무슨, 집으로 가지."

"예, 알겠습니다."

아무래도 오늘 술을 마셨다간 후회할 것 같아서 그는 곧장 자택으로 향했다.

제6장
수순대로

차갑던 겨울이 지나가고 봄이 오는 소리가 들려온다.

짹짹!

입춘과 경칩을 지나 겨우내 얼어 있던 얼음이 녹아 대지를 따사롭게 달구고 있었다.

싱그러운 새소리를 들으며 공원을 거닐던 솔로몬에게 왼쪽 어깨에 서류 가방을 멘 여자가 다가왔다.

그녀는 알이 두껍고 큰 뿔테 안경을 쓰고 있었다.

얼굴의 절반 이상을 가리는 뿔테 안경을 연신 올려 쓰며 그녀가 말을 걸어왔다.

"만나자고 하셨죠?"

"어떻게… 잘 알고 찾아오셨군."

"정보력을 시험하시려는 그 심정을 충분히 헤아리고 있다는 증거지요."

"후후, 그런가?"

한경일보 사회정치부 기자 신선미는 특종을 위해서라면 불속에라도 뛰어들 여자였다.

그녀가 신인이던 시절, 차기 대통령 후보이던 김진태를 물 먹이고 난 후 3년 동안 승승장구하여 올해의 기자상을 받았다.

그때까지만 해도 세상이 이렇게 무서운 줄 몰랐던 신선미는 자신이 이 바닥에서 제일 잘난 사람이라고 생각했다.

그렇지만 김진태의 복수는 생각보다 더 처절했다.

대한민국 최고의 거대 기업 한국 자동차에게서 비자금을 받았다는 의혹이 재기되면서 출마 후보 등록을 철회하고 3년간의 자숙 기간을 가졌다.

그동안 김진태는 전 세계 오대양 육대주를 돌아다니면서 배낭여행을 했다. 그리고 그를 토대로 언론 플레이를 조장하여 다시 한 번 재기의 발판을 마련하게 된다.

대선 자금으로 무려 2천억을 밀어주려다가 덜미가 잡힌 한국 자동차는 묵혀둔 부회장 비자금 사건을 터뜨리면서 2천억 사건을 그에게 전가하고 사건을 마무리하였다.

이로써 3년간의 공백을 깨고 김진태와 한국 자동차가 다시 손을 잡으면서 그들은 꺾인 날개를 펼치게 되었던 것이다.

이후 김진태는 자신을 망친 장본인인 신선미를 찾아내어 철저하게 유린하고 그녀를 쓰레기로 전락시켜 버렸다.

그녀는 당시 열아홉이던 쌍둥이 소년을 번갈아가면서 성희롱, 및 성폭행했다는 의혹에 사로잡혀 법의 심판대에 서게 되었다.

그리고 여기에 소년들의 아버지인 모 헬스클럽 관장 김 씨와 동거하면서 내연의 관계를 가졌다는 사실이 인터넷에 유포되기 시작했다.

태어나 남자라곤 만나본 적도 없는 그녀에게 미성년자 강간에 불륜 스캔들까지 겹치고 나니 정신이 파탄 지경에 이르게 되었다.

다행히도 법원에선 그녀에게 무죄를 선고하였으나 이미 그녀의 이미지는 바닥까지 떨어져 내린 이후였다.

그녀는 자신이 아는 그대로를 신문에 기재한 것뿐인데 이토록 가혹한 대가를 치르게 될 줄은 꿈에도 몰랐다.

때문에 솔로몬이 처음 그녀에게 김진태에 대한 얘기를 꺼내자마자 무슨 수를 써서라도 정보를 얻어내려 한 것이다.

솔로몬은 자신이 전화한 핸드폰 번호를 토대로 위치 추적을 하여 찾아온다면 정보를 주겠다고 약속하였다.

그리고 그녀는 보란 듯이 솔로몬을 찾아냈다.

　"대단하시군. 그 정도 정보력이면 그냥 정보 장사꾼으로 나가도 되겠는데?"

　"이 세상 모든 것에는 제자리라는 것이 있게 마련이지요. 기자는 언론계에, 아이돌은 연예계에, 정치인은 여의도에."

　그녀는 자신이 솔로몬을 찾아낸 것에 대한 정당한 대가를 요구하였다.

　"아무튼 간에 내가 당신을 찾아냈으니 약속한 것을 주셔야 할 차례인데요."

　"그래, 줄 건 줘야겠지."

　솔로몬은 한국 자동차보다 훨씬 더 거대한 스캔들을 그녀에게 넘겨주었다.

　그녀는 기삿거리를 읽자마자 흥분을 감추지 못했다.

　"제주도의 몬스터 창궐과 기업 사냥꾼들의 옥션, 그리고 이 정보를 알고 있는 누군가를 죽이려 사주하였다? 이게 정말 사실인가요?!"

　"사실이오. 아마 잘 알고 있겠지만 제주도 몬스터 창궐 사건은 김진태와 아주 밀접한 관련이 있소. 이것을 은폐하기 위하여 사건을 해결한 핵심 인물들을 살해하려 사주까지 했고."

　"그에 대한 증거들은요?"

　"여기에 다 있소."

그가 건넨 USB에는 김진태가 장철수에게 돈을 건넨 정황과 탁동훈과 밀접한 관계를 맺고 있다는 정황과 증거들이 아주 세세하게 정리되어 있었다.

만약 이것을 법원에 제출한다면 커다란 파문이 일어날 수도 있을 터였다.

그녀는 솔로몬에게 자신을 밀어주는 이유에 대해 물었다.

"그런데 왜 하필이면 접니까? 저보다 훨씬 더 유능한 기자들도 많을 텐데요."

"동기. 사람을 움직이는 동기가 확실해야만 이번 일을 제대로 마무리할 수 있겠다는 생각이 들었소. 당신에겐 동기가 충분하다 못해 넘칠 정도이니 당연히 이 일에 목숨을 걸 수밖에. 안 그렇소?"

신선미는 만족스러운 미소를 지었다.

"그래요, 아주 제대로 파악하셨네요."

"다른 것은 몰라도 원한 관계를 파악하는 것이 첫 번째 아니겠소?"

솔로몬은 그녀에게 이것을 터뜨릴 적당한 타이밍에 대해 언질해 주었다.

"조만간 김진태에 대한 소송이 시작될 것이오. 그때에 맞춰 이것을 터뜨려 준다면 놈을 제대로 보내 버릴 수 있을 것 같소."

"소송이라……."

"김진태가 김두이라는 사람을 살인 교사한 것, 그리고 그것을 전달받은 사람이 법정에 나오게 될 것이오. 그럼 당연히 법정 공방이 일어나게 될 것이고, 이에 맞춰서 언론이 제대로 한 방만 터뜨려 준다면 사건은 일파만파 커지게 될 것이 분명하오."

그녀는 회심의 미소를 지었다.

"후후, 좋아요. 놈을 지옥으로 밀어버릴 수만 있다면 무슨 짓이든 못 하겠어요? 인터넷은 내게 맡겨요."

"좋소, 당신만 믿고 있겠소."

"당연한 소리를."

신선미는 마치 소풍을 떠나기 전날의 유치원생처럼 설레는 마음을 안고 돌아섰다.

*　　　　*　　　　*

어두침침한 지하실에 물방울 떨어지는 소리만이 가득하다.

똑, 똑.

메이슨은 자신의 머리 바로 위로 떨어지는 물방울의 숫자를 세다 몇 번이나 다시 세었는지 모른다.

"45,231……. 아니지. 이게 아니었던가?"

정신이 몽롱한 상태에서 워낙 오랫동안 갇혀 있는 터라 도대체 뭐가 어떻게 된 것인지 가늠조차 할 수 없었다.

지금 자신이 살아 있는 것인지, 아니면 죽은 것인지도 명확하지 않았다.

그만큼 그는 정신이 피폐해져 제대로 사고를 할 수 없었다.

그런 그의 앞에서 지하실의 문이 열렸다.

끼이익.

메이슨은 자신을 향해 비춰오는 햇살에 잠깐이나마 마음이 설흔ㄹㅔㅆ다.

찰나의 순간, 그는 깊은 생각에 빠졌다.

'내가 이렇게 깊이 가슴이 설렌 적이 있던가? 아니, 나도 사람이니 분명 그런 기억은 있을 테지. 하지만 기억이 나지 않는다. 언젠가부터 내가 사람으로 살아오던 기억이 없는 것은 아닐까?'

사람은 극한의 순간에 몰리게 되면 자신이 살아온 순간들을 되돌아보게 된다.

그리고 그 인생에 대해 한탄을 하게 되고 후회하며 가슴속에 있는 응어리를 죄다 끄집어내어 하나하나 훑어보게 된다.

그는 자신이 지금까지 살아오면서 가장 후회스러운 것이 무엇인지 곱씹어보았다.

첫 번째로 그는 자신이 어려서부터 아버지처럼 따르던 사람을 총으로 쏴 죽인 시절을 후회하였다.

원래 메이슨은 게릴라와 함께 커오면서 인생 자체를 싸움과

투쟁의 연속으로 채워왔다.

심지어 그는 아홉 살이 되던 해를 기점으로 첫 임무에 투입되었다.

그의 첫 임무는 암살의 표적인 남자의 집에 양자로 들어가 1년간 생활하면서 지내다가 찰나의 기회를 틈타 양부를 살해하는 것이었다.

양부는 미국계 방위산업체 수뇌부로서 회사에 대한 지분율이 가장 높은 중역이었다.

메이슨이 속해 있던 게릴라 단체는 그를 사살하여 중역의 자리에서 끌어내리고 그 지분을 바탕으로 새로운 회장을 옹립시키는 일에 주도하였다.

수많은 살해 시도와 협박에도 불구하고 그는 끝까지 살아남아 자신의 주권을 주장하였고, 결국 게릴라는 양자를 들여 목표물을 제거하겠다는 계획을 세우게 된 것이다.

사실 아무리 게릴라들이라고 해도 양자로 들어간 메이슨이 실제로 살인을 저지를 수 있으리란 생각은 하지 못했다.

그 때문에 그 주변의 모든 인물을 포섭, 혹은 게릴라가 그 자리를 대체하여 호시탐탐 기회를 노리고 있었다.

양부는 부유한 사람이고 자상하며 가정적인 사람이었기 때문에 메이슨의 주변 인물로 가장한다면 그를 손쉽게 죽일 수 있었다.

하지만 메이슨은 다른 이의 손을 빌리지 않고 자신이 직접 양부를 죽이는 선택을 하였다.

양부가 자신에게 잘해준 것은 사실이나 언제까지고 이런 숨막히는 연극에서 살아나갈 자신이 없었던 것이다.

1년 동안 아버지의 말을 잘 듣는 착한 아들로 살아오던 메이슨은 양부와 양모, 심지어는 그 자식들과 가정부까지 모조리 살해하게 되었다.

메이슨은 늦은 밤을 틈타 집에 불을 지르고 집의 입구란 입구는 죄다 막아 연기에 사람이 질식해 죽도록 만들었다.

그때의 메이슨은 이것이 가장 손쉽고 빠른 방법이라고 생각하여 방화를 선택한 것이지만 결과적으론 가장 잔인하고 고통스러운 방법으로 일가족을 몰살시킨 것이다.

이 일이 끝난 후의 메이슨은 스스로 인간이기를 포기할 수밖에 없었다.

마음속 한편에는 양부의 아들로서 유복하고 평화롭게 살아가기를 바랐지만 어차피 그가 죽어야 한다면 자신 스스로 고통 없이 보내주고 싶었다.

하지만 어린 마음에 그릇된 길을 선택한 메이슨은 스스로 그 업을 짊어지고 가슴속에 고통을 묻고 살아가게 되었다.

그 이후로 메이슨은 감정이 없는 기계처럼 살인을 일삼고 위에서 시키는 일이라면 무엇이든 다 하는 냉혈한이 되었다.

또한 자신에게 일거리를 가져다 준 조직을 불태워 버리고 스스로 그 수장이 되는 선택까지 하게 되었다.

어차피 양부를 잔인하게 살해하면서 영혼은 사라져 버렸고 조직은 그에게 가족과 같은 존재는 아니었던 것이다.

결국 악마에게 영혼을 팔아먹은 메이슨은 무려 30년을 넘게 인간적인 면모는 까마득히 잊은 채 살아왔다.

그런데 오늘 그는 드디어 자신의 가슴이 설레는 것을 느낀 것이다.

"…도대체 뭘까?"

카미엘이 고개를 갸웃거렸다.

"뜬금없이 그게 무슨 개소리야?"

"난 말이지, 인간으로서의 삶은 포기하며 살아왔다. 그런데 오늘 네가 문을 열면서 들이친 햇살에 가슴이 설레었다. 이걸 도대체 어떻게 설명하면 좋을까?"

질문을 받은 카미엘은 인생의 한참 후배인 그에게 현실적인 조언을 해주었다.

"인간은 스스로 이해할 수 없는 것들과 마주할 때가 많다. 그것은 본인 스스로도 자각하지 못한 무언가와 마주하게 되는 순간이지. 그때마다 일일이 답을 찾으려 하지 마라. 때론 흐르는 것에 흐르는 대로 몸을 맡기는 것도 나쁘지는 않아."

"음, 그런 것이군."

"물론 내 조언을 너무 깊게 새겨들을 필요는 없다. 너도 이미 다 큰 성인이잖아?"

"후후, 성인이 되고도 한참 남을 나이지."

"그래, 마흔이 넘은 나이에 성인 운운할 것은 아니긴 해."

카미엘은 그를 군이 고문하지 않았다. 그저 어두침침한 지하실에 며칠 동안 가두어놓고 조용히 식사를 넣어주고 때가 되면 용변을 볼 수 있도록 배려하였다.

그가 지하실로 들어오는 시간은 정해져 있기 때문에 메이슨은 스스로 생각에 잠겨 사색할 수 있는 시간이 많았다.

그동안 메이슨은 심연 깊은 곳에 있는 자아와 마주하고 끝도 없는 질문을 던져 깨달음을 얻게 되었다.

메이슨이 카미엘에게 한마디를 건넸다.

"번뇌를 벗고 싶다."

"번뇌?"

"지금까지 내가 살아오면서 느낀 후회들, 되돌릴 수 있다면 그렇게 하고 싶다. 하지만 인간은 유한한 존재이니 그렇게 할 수는 없겠지."

카미엘이 고개를 저었다.

"그런 방법이 아주 없지는 않아."

"그게 뭔데?"

그는 메이슨에게 불경과 성경을 건넸다.

"읽어봐. 아마 많은 도움이 될 거야."

"성경은 알겠는데 불경은 처음 보는군."

"아마도 그렇겠지. 나 역시 최근에서야 불경이라는 것이 어떻게 생겼는지 알게 되었으니까."

카미엘은 책 두 권을 던져주곤 발길을 돌렸다.

"난 간다. 혼자서 차근차근 답을 찾아보길."

"알겠다."

메이슨은 먼저 불경부터 손에 쥐었다.

*   *   *

지하실 밖에서 대기하고 있었던 솔로몬과 노스트리아가 메이슨의 상태에 대해 물었다.

"그는 좀 어때?"

"글쎄, 반쯤 정신이 나간 것 같긴 해."

"약물 때문에 그런가?"

"아니야. 약물 때문이 아니라 스스로 가지고 있던 기반을 모두 다 잃어서 극도의 무기력에 빠진 것 같아. 거기에 약간의 약물과 자책이 섞이면서 우울감이 터져 나온 것이지."

"저 우울감은 치료가 될까? 혹시 일찌감치 정신을 차려서 우리에게 협조하지 않으면 어쩌지?"

"그렇지는 않을 거야. 저런 환경에서 스스로 우울증을 극복하기란 쉽지가 않거든."

카미엘은 아마도 메이슨이 조금은 바뀔 것이라 예상하였다.

"지금까지 놈을 지켜봐 온 결과 마음속에 쌓인 응어리와 울분이 꽤 많은 것 같아."

"심리 치료를 받아야 할 것 같은 느낌이 드는데?"

"맞아. 놈은 심리 치료를 받아야 해. 하지만 지금 우리가 심리 치료 전문가를 섭외하긴 힘드니 그의 안식처가 될 만한 것을 찾아내어 건넸어."

"그게 뭔데?"

"불경과 성경."

솔로몬은 뜻밖의 이름에 조금 황당하기도 했지만 이것보다 더 좋은 대안은 없을 것이라고 생각했다.

"새 사람을 만드는 것에는 종교만 한 것이 없지. 길길이 날뛰던 범죄자들도 성인의 잠언 한 구절로 사람이 되는 경우가 꽤 많으니까."

"맞아. 놈이 매번 볼 때마다 번뇌를 벗고 싶다고 말하곤 했어. 그래서 불경을 넣어준 것이고 덤으로 성경까지 준 거야. 혹시 알아? 이 기회에 머리 깎고 중이 되겠다고 선언할지 말이야."

가만히 카미엘의 얘기를 듣고 있던 노스트리아가 양쪽 눈썹을 번갈아가면서 꿈틀거렸다.

"흥미롭겠는데?"

"그래, 흥미롭지. 과연 불경과 성경의 힘이 어느 정도인지 궁금하기도 하고."

잠시 후, 농가의 창고에서 이상한 소리가 들려왔다.

"…관세음보살!"

카미엘 일행은 동시에 미간을 일그러뜨렸다. 지금 저 안에서 들린 소리가 무슨 소리인지 귀로 듣고도 믿을 수 없었기 때문이다.

"뭐야? 방금 관세음보살이라고 한 것 맞아?"

"맞아. 확실해. 우리 모두가 똑똑히 들었으니까 틀릴 리가 없지."

혹시나 하는 마음에 창고 문을 열어보니 정좌를 하고 앉아 불경을 읽고 있는 메이슨이 보인다.

메이슨은 카미엘에게 삭발을 부탁하였다.

"머리를 밀고 싶다. 도와줄 수 있겠나?"

"뭐야? 출가를 하고 싶다는 건가?"

"당장 출가를 하기엔 일러. 내가 불가에 귀의할 수 있는 몸이 아니거든. 그러기 위해선 내가 쌓아둔 업보 중에서 몇 가지만 해결하고 귀의하려 해. 그 정도면 부처님도 기뻐하시겠지."

메이슨이 지금 진심이라는 것은 굳이 테스트를 하지 않아도 알 수 있었다.

이미 그는 눈빛부터가 달라져 있었기 때문이다.

"잘됐어. 그런 생각만으로도 이미 절반은 성공한 것이라고 생각한다."

"고맙군."

그는 웃통을 벗은 채로 무릎을 꿇고 앉았다.

합장을 한 그의 모습에선 삶의 진리를 찾기 위하여 떠나는 출가인의 거룩함과 결연한 의지가 느껴졌다.

"깎는다."

"그래."

카미엘은 그의 머리를 가위로 사정없이 자르기 시작했다.

싹둑싹둑!

머리가 조금씩 잘려 나갈 때마다 메이슨은 더더욱 눈을 질끈 감으며 자신의 내면에 집중하는 모습이다.

한 뭉텅이, 두 뭉텅이 잘려 나가며 점점 더 머리가 휑해지니 그제야 그는 아주 편안하고 홀가분한 표정으로 돌아왔다.

마지막으로 면도기를 사용할 때엔 어느새 그의 입가에 미소가 피어올라 있었다.

"다 됐다."

"나무아미타불 관세음보살."

"앞으로 네 삶의 진리를 찾아가기를 바란다."

"고맙군."

메이슨은 그 자리에 앉은 채로 하루 종일 참선에 들어가 있었다.

*   *   *

한편, 메이슨이 머리를 깎았다는 소식에 제프는 깊은 생각에 잠겨 있었다.

"인생의 진리를 찾아서 떠나는 여행이라……."

"철저하게 자신을 몰아세우는 것이 진정한 수도라고 생각한 다더군. 아마 김진태 사건을 비롯한 여러 사건을 해결하고 나면 산으로 들어가 불법 수업을 받고 10년 후엔 전 세계 각국을 떠돌아다니면서 수행을 쌓을 생각인 모양이더라고."

제프는 자신의 유일한 친구인 메이슨의 출가 의지를 전해 듣고 나니 자신 역시 더 이상 이 세계에 남아 있을 필요를 느끼지 못했다.

"사실 나는 성직자로서 엄청난 양심의 가책을 느끼고 있었다. 인간이 인간을 죽인다는 것은 결코 용서받을 수 없는 일임에도 불구하고 사제라는 신분 뒤에 숨어 악행을 자행했지. 아마 나는 지금부터 선행을 쌓아도 연옥에 떨어져 구천을 떠도는 신세가 될 것이다. 물론 그것도 많이 용서를 받았을 때의 얘기이지만 말이야."

"그래서 너는 앞으로 어떻게 살아가고 싶나?"

"친구 따라서 강남 간다는 속담이 있다고 하더군. 나도 친구 따라서 강남을 한번 가보려고."

"불가에 귀의하겠다는 뜻인가?"

"아니, 교황청에서 10년간 수련을 쌓은 후 메이슨과 함께 전 세계를 돌아다니며 인생의 진리를 깨닫는 것이지."

"으음, 그러니까 10년 동안의 공백을 가진 후에 서로의 곁을 지켜주겠다는 뜻이로군."

"만약 놈이 허락하기만 한다면."

"허락하지 않을 이유가 없잖아? 친구와 함께하는 여행은 즐거울 거야. 분명 괴로운 날도 있겠지만 그 괴로움조차도 의미 있는 고행이 되지 않겠나?"

"그런가?"

"아무튼 마음을 돌렸다니 다행이로군. 고맙다."

그는 고개를 저었다.

"고마울 것 없다. 우리는 어차피 이 길에 마지막 신념을 걸지 않았어. 모두 조직이라는 큰 덩어리를 짊어지고 있었지만 이것이 명예의 굴레가 아니라 그저 자신을 옭아매는 쓸모없는 짐짝이라고 생각했을 뿐이지. 자신이 아끼는 신념이 가져다주는 굴레라면 기꺼이 받아들이겠지만 그것이 아니라면 쓰레기와 별반 다를 것이 없는 것 아니겠나? 우리는 언젠가부터 이 지독한 굴레를 빠져나가기 위해 애쓰고 있었을 뿐이야. 그러니 자네가 고마워해야 할 이유는 없는 것이지."

"그렇군."

제프는 자신의 주머니에 있던 묵주를 꺼내어 카미엘에게 건넸다.

"믿음이 없다고 해도 가져가게. 부적이라고 생각하면 쉬울 거야."

"부적이라……"

"성지에서 수명을 다해 늙어 죽은 나무를 가지고 만든 묵주야. 언젠가는 자네의 앞날에 큰 기쁨을 가져다줄 것이라네."

"고마워."

그는 성호를 그리며 카미엘을 축복하였다.

"하느님 아버지의 품 안에서 평안하시길. 성부와 성자와 성령의 이름으로……"

"아멘."

종교관이 없는 무신론자 카미엘이지만 그가 내린 축복의 기도를 받는 데 주저함은 없었다.

이것은 굳이 종교에서 비롯된 축복이 아니라 사람의 마음 깊은 곳에서 솟아난 기도이기 때문이다.

*　　　　　*　　　　　*

삼척 시가지에서 24시 운영되는 카페는 단 두 곳밖에 없다.

그나마도 문을 닫느니 마느니 말이 많아 인근 대학생들이 술을 한잔 마시고 쉬어갈 수 있는 곳이 없어질 판이었다.

웅성웅성.

조용한 분위기의 카페가 늦은 밤이 되자 젊은이들의 발걸음으로 북적이고 있다.

워낙 인구가 적고 땅은 넓어 아무리 시가지라곤 해도 사람의 발길이 그리 많지 않은 곳이 바로 삼척인데, 이 정도 인원이 모였다는 것은 참으로 이례적인 일이었다.

약간은 들뜨고 어지러운 카페의 구석에 앉은 마리아와 저스틴은 10분째 아무런 말이 없었다.

저스틴은 마리아가 처음부터 자신을 끌어들이기 위하여 연극을 벌였다는 소리를 듣고 그에 대한 해명을 듣기 위해 찾아온 것이다.

하지만 이상하게도 그녀를 마주하고 있자니 그동안 준비한 모든 말이 안으로 쑥 들어가 버렸다.

오히려 상대방의 입을 열기 위해 질문을 던진 쪽은 마리아였다.

"뭐야? 사람을 불러놓고 왜 아무런 말이 없어?"

"…생각 중이야."

"무슨 생각을 하루 종일 해?"

"그럴 만한 일이니까."

마리아, 혹은 노스트리아는 그가 생각에서 깨어나 대화 의지가 생길 때까지 진득하게 기다리기로 했다.

째각째각.

손목에 매달려 있는 시계 초침이 돌아가는 소리를 속으로 세고 있던 그녀에게 마침내 저스틴이 입을 열었다.

무려 30분 만에 열린 그의 입이다.

"진심이었나?"

"뭐가?"

"나를 좋아한 그 감정 말이야."

그녀는 고개를 갸웃거렸다.

"그게 무슨 소리야? 내가 너를 좋아하다니?"

"내가 찾아갔을 때 나를 보고 살려달라고 한 것. 그건 나를 좋아하는 마음에서 비롯된 것 아니었던가?"

마리아는 고개를 가로저었다.

"지금까지 무슨 소리를 듣고 온 거야? 이 모든 것이 연극이었다니까?"

"…그러니까 그 모든 것에 진심은 없었냐고 묻는 거잖아."

그녀는 단호하게 그의 말을 받았다.

"응, 없었어."

"정말 한 점도?"

"물론이지. 그리고 애초에 연극에서조차도 너를 좋아한다는 말은 하지 않았어. 그냥 살려달라고만 했을 뿐이지."

"……."

"너를 멍청하다고 비난하지는 않겠어. 하지만 미련한 짓은 하지 않는 것이 신상에 이롭지 않겠어?"

"어째서 그렇게 냉정할 수가 있나? 너 때문에 희생된 사람이 얼마인데."

"그게 나 때문에 희생된 건가? 어차피 정리되었어야 할 사람들이야. 언제까지 해적으로 살아가야 하는 건데?"

"그건……."

"이 세상에는 인간의 힘으로도 어쩔 수 없는 것들이 많아. 그 중에 하나라고 생각해. 그럼 마음이 편할 거야."

저스틴은 슬그머니 자리에서 일었다.

"간다."

"어디로 가는데?"

"몰라. 발길 닿는 대로."

"정말 가는 거야?"

"응."

그를 보내는 노스트리아의 가슴이 약간 따끔거렸다.

'원래 이 여자는 저 남자를 좋아했던 모양이군.'

이 세상에는 인간의 힘으로 어쩔 수 없는 일이 많다는 것을 그녀는 경험으로 체득했다.

그녀는 자신이 자각하지 못하는 사이 아주 천천히 그의 관심 속에 마음을 이끌리고 있던 것인지도 모른다.

어쩌면 그를 위해 살아가는 인생도 괜찮을지 모른다고 생각한 마리아이지만 이제 그녀는 이 세상을 떠나고 없었다.

'이 또한 오래전부터 정해진 순리대로 흘러가는 것인지도 모르지.'

그녀는 한참을 그 자리에 앉아 창밖을 바라보고 있었다.

제7장

오지랖 넓은
청년회장

이른 아침, 카미엘의 핸드폰에 문자메시지가 도착해 있다.

딩동!

며칠간의 강행군 이후에 찾아온 휴식이라 메시지가 달갑지 않은 카미엘이다.

"으음……."

간만의 낮잠에서 깨어난 카미엘은 조금 떨떠름한 눈으로 메시지를 확인해 보기로 했다.

핸드폰의 잠금 화면을 위로 올려보니 새롭게 청년회장으로 추대된 조성훈이다.

원래 조성훈은 카미엘과 함께 청년회를 쇄신시켜 보겠다는 당찬 포부를 품고 있는 열혈 청년이었다.

매번 카미엘에게 쇄신, 쇄신을 외치며 마다하는 술자리를 강권하는 그였기에 이런 문자가 별로 반갑지가 않았다.

그렇지만 지역사회에게 받은 것이 있었기에 카미엘은 어쩔 수 없이 문자를 확인해 보았다.

둥이, 오늘 시간 괜찮나? 술자리는 아니고 식사나 좀 했으면 하는데.

카미엘은 메시지를 받고 나서 과연 어떻게 답장을 해야 하나 고민했다.

"으음……."

고민에 빠져 있던 카미엘이 어떤 행동을 취하기도 전에 전화가 걸려왔다.

지이이잉!

손자 손녀 때문에 항상 핸드폰을 진동으로 해놓고 사는 카미엘은 조심스레 전화를 받았다.

"예, 형님."

―둥이네, 아직도 자고 있나?

항상 약간씩 들떠 있는 그의 목소리는 어쩐지 카미엘을 긴장하게 만들곤 했다.

얼마 전부터 호형호제하기로 한 카미엘이지만 너무 친근하게 다가오는 그의 말투는 오히려 경직되게 만드는 부분이 있었다.

그러나 카미엘은 언제나 그랬듯이 최대한 예의를 갖추어 답했다.

"아니요, 일어났습니다."

—쌍둥이는?

"이제 곧 공공 보육 시설에 보내야지요. 무슨 학예회인가 준비한다면서 바쁩니다."

—학예회? 그 꼬맹이들이?

"애들이 준비하는 것은 아니고 교사들이 율동 무대를 준비했다는데 그 무대 의상을 맞춘다고 치수를 재고 원단을 주문한 것 같더군요. 옷 맞추느라 바쁜 것이지요."

—아아, 그래?

그는 카미엘에게 오늘의 일정에 대해 물었다.

—그럼 오늘 오후엔 또 고물상에 나갈 거야? 아님 용병 사무실?

"용병 사무실에 들러서 정리할 것이 좀 있습니다. 그 일이 끝나면 고물상에 들러서 메시지가 도착했는지 알아봐야 하고요."

—꽤 바쁜 모양이지?

"뭐, 항상 그렇지요."

그는 몇 번인가 말을 빙빙 돌리고서야 본론을 꺼냈다.

―다름이 아니고 오늘 내가 자네에게 식사를 좀 대접하고 싶은데 영 시간이 안 될까?

"대접이라니요, 당치도 않습니다."

―하하, 그리 거창한 것은 아니고 그냥 해변가에서 둘이 진득하니 얘기를 좀 하고 싶어서 말이야.

"얘기요?"

―그리 길게 걸리지는 않을 거야. 어때? 시간 괜찮아? 점심 먹고 단 몇 시간만 비워주면 되는데.

김진태의 증거 수집과 그 소송을 준비하는 데 일정의 텀이 있기 때문에 그는 한 나흘 정도 시간이 비는 상태였다.

그가 오늘 해야 할 일은 내일로 미뤄도 상관은 없었지만 어쩐지 감이 별로 좋지 않은 카미엘이다.

"감사하긴 합니다만, 오늘 해야 할 일이 있어서요."

―으음, 그래? 그 일을 조금만 미루면 안 되고? 내가 자네에게 중요한 할 말이 있어서 그래.

"청년회 일입니까?"

―그건 아니고 긴히 할 말이 좀 있어. 시간 좀 내주면 안 되겠나?

식사를 대접하는데 간청까지 하니 제아무리 카미엘이라도 그냥 내팽개칠 수가 없었다.

"흠, 몇 시간이면 됩니까?"

―응, 그래그래! 몇 시간이면 된다니까!

결국 카미엘은 그에게 시간을 할애하기로 했다.

"알겠습니다. 형님이 그렇게까지 말씀하시니 나가야지요."

―고마워! 내가 언제 밥 한번 살게!

순간, 카미엘은 고개를 갸우뚱거렸다.

"예?"

―아이고, 내 정신 좀 봐. 우리 밥 먹기로 했지? 하하! 내가 요즘 정신머리가 좀 어수선해. 이해해.

"아, 예."

어쩐지 횡설수설하는 모양새가 영 수상하긴 했지만 그래도 그를 한번 믿어보기로 했다.

*　　　*　　　*

11시 30분, 약속 시간은 12시 정각이지만 카미엘은 그보다 30분 일찍 약속 장소에 도착하였다.

레스토랑 '녹색지대'는 해안가를 마주 보고 서 있는 고지대에 위치해 있어 수려한 경관을 자랑하는 곳이다.

새천년도로를 따라서 난 관광 코스에서도 녹색지대는 단연 으뜸의 경치와 맛깔스러운 정통 이탈리안 푸드를 자랑하였다.

카미엘은 평소 잘 입고 다니는 트레이닝복에 야구 모자를 푹 눌러쓰고 있었다.

그는 텅텅 빈 레스토랑의 프런트를 찾았다.

"몇 분이시지요?"

"예약이 되어 있을 겁니다."

"성함이?"

"조성훈입니다."

예약 장부를 뒤적거린 매니저가 카미엘을 창가로 안내했다.

"한 분이 먼저 오셨는데, 뒤따라서 오신 모양이군요."

"벌써 와 계시다고요?"

"오신 지 10분쯤 되었을 겁니다."

실제의 나이로 따지자면 카미엘이 말도 안 되게 연장자이지만 사회적으론 분명 조성훈이 연장자이다.

카미엘은 연신 시계를 바라보았다.

"이상하네. 형님이 오늘따라 무리해서 일찍 오셨는데?"

시간개념이 철저하긴 하지만 이렇게까지 일찍 돌아다니는 사람이 아니기에 카미엘은 조금 의아한 생각이 들었다.

일이야 어찌 되었든 간에 중요한 할 말이 있다니 그 말 많은 조성훈의 얘기를 들어줄 준비에 들어갔다.

약간 멍해져 있는 카미엘을 매니저가 이끌었다.

"가시죠. 자리에서 기다리고 계실 겁니다."

"고맙습니다."

카미엘은 벽에 가려져 잘 보이지 않는 창가의 자리로 천천히 걸어갔다.

그런데 서서히 보이기 시작하는 테이블에는 여자의 핸드백으로 보이는 것과 화장품이 몇 개인가 나와 있었다.

"어라? 이곳이 맞습니까?"

"네, 맞습니다. 왜 그러시지요?"

"아니요, 남자가 무슨 화장을……."

"남자요?"

두 사람이 마주 보며 물음표를 그리고 있을 때다.

"오셨나요?"

카미엘이 목소리가 들린 곳으로 고개를 돌려보니 30대 중반쯤으로 보이는 여자가 앉아 있다.

나이가 어떻게 되는지 알 수는 없어도 결코 동안이라 볼 수는 없는 얼굴이다. 그렇지만 그만큼 성숙된 매력과 어딘지 모를 농염한 미색이 카미엘의 시선을 확 잡아끌었다.

카미엘이 목을 뒤로 쭉 빼며 당황하자 매니저가 재빨리 자리를 피했다.

"그럼 즐거운 시간 되십시오."

"이, 이봐요!"

그녀가 트레이닝복 차림의 카미엘을 바라보며 한마디 던졌다.

"갑자기 불려 나오신 건가요?"

"아니요, 그런 것은 아니지만……"

"그래요?"

차분하면서도 애교가 묻어나는 그녀의 음색은 남자의 마음을 슬그머니 건드리는 그런 맛이 있었다.

아마 간드러지다는 표현은 이럴 때 사용하는 것이리라.

"저는 성훈이 형님과의 약속 때문에 나왔습니다만."

"저는 아닌데요?"

"그럼 우리는 일행이 아닌 것 아닙니까?"

"맞을걸요? 성훈 씨가 저를 이곳으로 부르면서 김두이 씨라는 사람이 올 것이라고 말했거든요."

카미엘은 그제야 현 상황이 어떻게 된 것인지 감이 왔다.

'여자를 불러놓고 나를 이곳으로 보낸 것이구나.'

그녀는 카미엘에게 앉을 것을 권하였다.

"어떻게 오신 것인지는 몰라도 일단 만났으니 앉아서 얘기해요."

"그래요. 그럽시다."

카미엘은 그녀의 앞에 마주 보며 앉았다.

그녀는 테이블 위에 놓여 있는 화장품들을 치우곤 카미엘에게 자기소개를 했다.

"원래 자기소개는 안 해야 정상인데 지금은 예외이겠군요. 반가워요. 저는 정소미라고 해요. 나이는 서른넷, 강릉에서 변호사 활동을 하고 있어요."

"김두이입니다. 고물상을 운영하고 있지요."

"듣기론 사설 용병이시라고 하던데요?"

"그것도 제 직업이긴 합니다."

"그럼 고물상을 운영하시는 용병이네요?"

"그렇게 보시면 쉬울 겁니다."

"재미있네요."

충분히 매력적이고 섹시한 그녀이지만 카미엘은 오늘 그녀를 만나기 위해서 이곳에 온 것이 아니었다. 그렇지만 점심시간에 한 시간 가까이 기다린 그녀를 그냥 보내는 것은 예의가 아니었다.

"오늘 약속이 왜 이렇게 되었는지 모르겠습니다만, 기왕지사 오셨으니 맛있는 거나 드시고 가죠."

"그럼 그럴까요?"

메뉴판을 들여다본 카미엘은 눈에 띄는 코스 요리를 주문하기로 했다.

"바다이니만큼 해산물 요리가 좋겠네요. 저는 시푸드 코스 A로 하겠습니다."

"그럼 저도 같은 것으로 할까요?"

카미엘은 고개를 돌려 매니저를 찾았다. 그러자 이곳을 응시

하고 있던 매니저가 단숨에 달려왔다.

"주문하시겠습니까?"

"시푸드 코스 A로 2인분 주십시오."

"코스 요리에는 와인이 나옵니다. 드릴까요?"

"아니요, 저는 차를 가지고 와서 괜찮습니다."

그녀 역시 고개를 끄덕였다.

"저도요."

매니저는 깊이 고개를 숙였다.

"잘 알겠습니다. 그럼 와인 대신 간단한 무알콜 칵테일을 제공해 드리겠습니다. 괜찮으신지요?"

"그렇게 해주십시오."

"그럼 좋은 시간 되십시오."

능숙하게 주문을 받은 매니저가 돌아서자 그녀가 곧바로 말문을 열었다.

"나이가 어떻게 되세요?"

"올해로 서른넷입니다."

"그럼 저와 동갑이네요."

"그런가요?"

기억 상실로 굳어진 카미엘의 정체는 이제 슬슬 상관이 없어지고 그는 당당히 자신의 얘기를 할 수 있게 되었다.

그렇지만 나이에 대한 것은 서른넷으로 굳히지 않으면 혼란

이 생길지도 몰랐다.

"같은 연배의 남자를 만나니 조금 편하네요. 매번 선을 본다고 저보다 연상의 남자를 만나니 대화가 잘 안 통했거든요."

"으음, 불편했겠군요. 그럼 지금의 저는 편안한 편인가요?"

"대체로?"

카미엘의 실제 나이를 들으면 놀라 자빠지겠지만 겉으로 보기엔 서른을 넘은 것 같지도 않은 그였다.

그녀는 동갑내기가 공감할 만한 얘기들을 많이 꺼냈다.

"서른이 넘으면 삼재가 끝난다고 해서 기대했더니 그건 아닌 모양이에요. 지금까지 남자 하나 없는 것을 보면요."

"그런 것이 뭐 그리 의미가 있겠습니까? 스물이 지나면 다를 것 같고 서른이 넘으면 다를 것 같지만 결국 인생은 거기서 거기 아닙니까?"

"훗, 그렇긴 해요."

카미엘과 그녀가 느긋하게 대화를 나누고 있는 도중에 새우와 발사믹식초로 만든 샐러드가 나왔다.

그는 샐러드를 앞에 두고 그녀에게 먼저 먹을 것을 권했다.

"드시죠."

"고마워요."

상큼한 샐러드를 먹고 나니 조금은 불편하던 마음이 서서히 풀어지는 것 같았다.

카미엘은 스푼과 포크를 다 사용하며 양껏 음식을 먹고 있는 그녀를 바라보았다.

　'최소한 가식은 없어서 좋군.'

　여자들이 착각하는 가장 큰 것 중의 하나는 바로 여자란 무릇 적게 먹어야 한다는 것이다.

　그녀가 괜찮은 사람이라면 많이 먹든 적게 먹든 상관이 없었다.

　오히려 느낌이 통한 사람이 복스럽게 잘 먹는다면 그것이 매력으로 다가올 수도 있었다.

　과연 그녀가 어떤 느낌의 사람인지는 몰라도 카미엘은 가식 없이 잘 먹는 모습이 참으로 마음에 들었다.

　하지만 그것은 그녀가 예쁘기에 단순히 매력을 느낀 것뿐이고 연애의 감정이 든다거나 특별한 호감을 느낀 것은 아니었다.

　그녀는 접시 하나를 다 비우고 나선 약간 겸연쩍은 미소를 지었다.

　"제가 너무 막 먹죠?"

　"음식을 막 먹는 것도 있습니까? 먹을 것은 잘 먹어야지요."

　"그렇게 봐주시니 감사해요. 엄마는 선 자리에 나가선 적당히 먹으라고 조언하셨죠. 그래서 조심한다는 것이 어느새 이렇게 되고 말았네요."

　"그것도 매력입니다. 조심할 필요가 뭐 있겠습니까?"

"그래요?"

"네. 당연한 소리입니다."

잠시 후 접시를 다 비운 그들에게 두 번째 코스 요리가 나왔다.

이번에는 가리비의 관자와 채끝살을 함께 구운 전채요리가 화이트 와인 소스와 곁들여져 나왔다.

그녀는 가리비의 살을 조금 잘라 맛을 보았다.

"으음, 좋은데요?"

"이곳의 음식이 좋다고 소문이 자자하답니다. 청년회에서도 데이트 코스로 이곳을 많이 거론하더군요."

"그럼 본인은 이곳에 와본 경험이 있고요?"

"없죠. 제가 데이트를 할 시간이 별로 없어서요."

"으음, 그렇군요."

쉴 새 없이 이어지던 칼질을 멈춘 그녀가 카미엘에게 조금은 진득한 대화의 주제를 던졌다.

"듣자 하니 두 아이의 할아버지라고 하던데, 아이들은 잘 크나요?"

"잘 큽니다. 가끔 사고를 치긴 하는데 괜찮습니다. 아들이 친 사고는 수습해 준 적이 없지만 아이들이 친 사고는 그런대로 수습하면서 지내는 편이죠."

"그럼 아이의 할머니는……."

카미엘은 쓸쓸하게 웃었다.

"어떻게 갔는지 모르겠습니다만, 아들이 죽을 때쯤 함께 소식을 들었죠."

"아아!"

"뭐, 그것도 상처라면 상처겠습니다만 그리 조심스럽게 말하지 않으셔도 됩니다."

"저는 그저 궁금해서 물어본 것인데 생각보다 임팩트가 크네요."

"세상에는 여러 사람이 있어요. 이런 사람도 있고 저런 사람도 있죠. 저 역시 이렇고 저런 사람입니다."

막상 질문을 해놓고 적지 않게 당황하는 그녀에게 괜찮다고 어필한 카미엘이지만 정작 본인은 괜찮지 않은 모양이다.

눈에 띄게 칼질이 느려진 그녀에게 카미엘이 웃으며 말했다.

"하하, 그렇다고 너무 마음에 담아둘 필요는 없어요."

"너무 안되었어요. 그런 사정이 있는 줄은 몰랐거든요."

"사정이 없는 사람도 있습니까? 그리고 이미 지나간 일이니 마음에 담아둘 필요 없습니다. 가슴이 아프던 시절은 지났고 이제는 가슴에 묻어두었습니다. 너무 자주 꺼내지만 않으면 괜찮아요."

"그럼 지금은 상처가 아문 건가요?"

"아물었다……. 글쎄요, 방금도 말씀드렸지만 그 상처가 완전히 아물 수는 없어요. 그저 가슴에 묻는 것이지요."

"음."

"하지만 너무 심각하게 생각하지 않으셔도 됩니다. 이제 저는 괜찮으니까요."

그제야 그녀는 다시 칼질을 시작하였다.

"고마워요. 저는 한번 마음에 걸린 일은 쉽게 잊지 못하는 편인데, 그리 말씀을 해주시니 제 마음이 한결 편하네요."

"기왕지사 드시는 김에 맛있게 드세요. 좋은 게 좋은 것 아니겠습니까?"

"그런가요?"

두 사람의 질문이 몇 번인가 오가고 있을 무렵엔 어느새 접시가 텅텅 비어 있었다.

카미엘도 그녀와 보조를 맞추다 보니 벌써 전채요리를 다 먹은 후였다.

그 타이밍에 맞춰 메인요리가 나왔다.

메인요리는 대구살을 허브와 함께 구운 후 조개와 채수를 함께 끓인 육수에 조린 요리였다.

향긋하면서도 뒷맛이 개운한 것이 특징이었다.

요리를 한입 베어 문 카미엘은 입안에서 요동치는 풍미에 스르르 미소를 지었다.

"음, 좋군요. 이런 맛이……."

"정말 요리를 잘하네요. 이렇게 자꾸 얘기를 하는데도 맛이 중화되지 않고 감칠맛이 돌아요."

"그러게 말입니다. 왜 이곳이 데이트 코스 1순위인지 알겠군요."

대구살을 몇 입 먹은 그녀가 카미엘에게 조심스럽게 물었다.

"저기… 그렇다면 앞으로 결혼에 대한 생각은 없으신 건가요?"

"결혼이요?"

카미엘은 갑작스러운 질문에 딱히 답이 떠오르지 않았다.

"으음, 결혼이라……. 글쎄요. 진지하게 생각해 본 적이 없어서 잘 모르겠습니다."

"앞으로 좋은 여자가 나타난다면요?"

"그렇다면 한번 생각해 볼 필요는 있겠죠."

그는 어깨를 으쓱해 보였다.

"근데 애가 둘이나 딸린 홀할아비를 누가 좋다고 하겠습니까?"

"왜요? 부인과 사별하고 일찍 장가간 아들이 낳은 남매를 키우는 거잖아요?"

"그렇긴 합니다만 제가 장가를 간다고 해서 아이들이 어디로 가는 것은 아니니까요."

"으음, 그럼 아이들 때문에 결혼이 부담스러운 것이군요?"

"저 스스로는 자각하지 못했는데 지금 와서 보니 그런 것 같기도 하네요."

"이해해요. 다른 것도 아니고 손자 손녀인데 당연하죠."

그녀는 아까와는 다르게 조금 복잡한 표정이 되었다.

카미엘은 그녀가 왜 이런 표정을 짓는지 이해할 수 없었지만 아마도 아까의 가족 얘기 때문일 것이라고 생각했다.

한번 마음에 담아둔 얘기를 쉽사리 버리지 못한다는 그 성격 때문이겠거니 생각하며 카미엘은 신경 쓰지 않았다.

*   *   *

식사가 끝난 후 후식으로 티라미수가 나왔다.

투명한 찻잔에 켜켜이 쌓아 만든 티라미수의 부드럽고 달콤한 풍미가 그야말로 일품이었다.

카미엘과 소미는 한 입을 뜨자마자 눈을 동그랗게 떴다.

"으음, 이것도 일품인데요?!"

"그러게 말이에요. 뭐 이런 맛이 다 있죠?"

그녀는 달콤한 티라미수의 늪에 빠져 한껏 미소를 지었다.

"좋아요. 인생의 번뇌를 잊게 만드는 맛이네요."

"하하, 그 정도인가요?"

"제가 디저트를 좋아하는데 이 정도면 가히 역대급이라고 할 만하네요."

"마음에 든다니 다행입니다."

그녀는 카미엘에게 에프터를 신청하였다.

"식사 끝나면 뭐 하실 거예요?"

"용병 사무실에 가볼 생각입니다."

"그전에 함께 영화 한 편만 볼래요?"

"영화요?"

"식사를 했으니 소화를 시켜야죠. 근처에 자동차 영화관이 있는데 상영 시간에 꼭 맞추지 않아도 영화를 볼 수 있어요."

갑작스러운 제안이었지만 원래 오후를 통으로 비우려 한 카미엘이기에 큰 상관은 없다고 생각했다.

"뭐, 그럽시다."

"정말요? 바쁘지 않으시겠어요?"

"아이들 하고 시간에만 늦지 않으면 상관없습니다. 지금이 한 시니까 적어도 세 시간은 괜찮아요."

"그래요. 그럼 가볼까요?"

그녀는 그 좋아하는 티라미수도 몇 술 뜨지 않고 곧장 자리에서 일어섰다.

원래 이곳에서 조금 더 이야기를 하고 나가려던 카미엘은 조금 부산스럽게 엉덩이를 뗐다.

"저기, 계산 좀 해주십시오."

카미엘은 밥값을 계산하려다가 의외의 얘기를 들었다.

"계산은 이미 하셨는데요."

"네?"

그녀는 멋쩍게 웃었다.

"제가 냈어요. 오늘 대화가 무척이나 즐거웠거든요."

"그러실 필요는 없는데 말이죠. 잘 먹었습니다."

"아니에요. 다음엔 두이 씨가 사주시면 되잖아요?"

"뭐, 그럽시다."

두 사람은 식당을 나와 삼척 해변의 자동차 영화관으로 향했다.

정오를 막 지난 시각, 정라동 주민센터 직원들이 봉사활동을 떠나고 있다.

부르르르릉!

희나는 대략 30분의 이동 간에 숙면을 취하고 있었다.

"쿠울……."

"희나 씨는 차만 타면 자네. 심신이 고단한가?"

"아르바이트에 특근에 아주 죽을 맛이겠죠. 깨우지 말아요."

동료들은 그녀의 빡빡한 스케줄에 대해 잘 알고 있기에 굳이 그녀를 깨우지 않았다.

하지만 차가 덜컹거려 그녀의 몸이 위아래로 꿀렁거리며 흔들렸다.

털컹!

"츄릅!"

침까지 흘리면서 자던 그녀가 불가항력에 의해 깨어났다.

그녀는 얼떨떨한 눈으로 주변을 둘러보았다.

"아니, 아니, 여긴……?!"

"여긴 차 안이에요. 무슨 꿈을 꾸었어요?"

"아, 아니요."

무슨 꿈을 꾸었는지 스스로도 잘 생각이 나지 않아 조금 머쓱해진 그녀이다.

"헤헤, 잘 모르겠어요."

"하여간 한없이 맑은 아가씨야."

희나는 백수의 왕처럼 입을 쩍 벌리며 하품을 했다.

"흐아아아아아아아아암!"

"거참 시원하겠네. 희나 씨는 항상 그렇게 발랄한 비결이 뭐야?"

"글쎄요. 태어날 때부터 이래서 비결이랄 것이 뭐 있나 싶네요."

"부러워. 참으로 부럽단 말이야."

"헤헤, 그럴 것 뭐 있어요? 인생 뭐 있다고."

동료들과 몇 마디 농담을 나누던 그녀는 자신을 스쳐 지나가는 익숙한 모습과 마주하였다.

지금 그녀는 그 유명한 녹색지대 레스토랑을 지나고 있었다. 그런데 그 앞에서 카미엘을 발견한 것이다.

"어라? 둥이네 아저씨?"

"어디?"

그녀의 한마디에 일제히 고개를 돌린 주민센터 직원들은 하나같이 고개를 좌로 꺾었다.

"어라? 정말이네?"

"그나저나 두이 씨는 저기서 뭐 하는 거지?"

"데이트라고 하나?"

"하하, 청춘이군."

농담으로 던진 그들의 한마디였지만 놀랍게도 카미엘의 곁에는 정말로 여자가 있었다.

순간, 일동 차렷 자세가 되어버렸다.

"허, 허어, 정말이네."

"그럼 아름 씨는 뭐야? 둘이 좋은 사이 아니었어?"

희나의 표정이 와르르 무너져 내렸다.

"저런 바람둥이를 보았나? 그래서 별명이 둥이 아니야?"

"그런데 두이 씨가 그럴 남자는 아니잖아요? 뭔가 사정이 있겠지."

"흥, 이 세상 남자들이 다 그렇지, 뭐!"

그녀는 곧장 전화기를 들어 아름에게 이 상황에 대해 보고를 올렸다.

그런데 문제는 그 보고에 그녀의 사견이 잔뜩 들어가 있다는 것이다.

"언니, 글쎄, 두이 아저씨가 여자와 짝짜꿍을 맞추고 있는데 아주 가관도 아니네요!"

"아, 아니, 그렇게 막 말을 돌리면……."

"흥! 괜찮아요. 사실이잖아요?"

이미 말이 입 밖으로 튀어나갔으니 이젠 어쩔 수가 없었다.

"에라 모르겠다."

"우리는 그냥 주어진 일이나 잘하자고."

결국 모든 것은 희나의 주관대로 돌아갔다.

*   *   *

한편, 카미엘의 바람 아닌 바람(?)에 대해 전해 들은 아름은 충격에서 쉽사리 벗어나지를 못하고 있었다.

"어, 어어……."

─아무튼 그 아저씨, 처음부터 별로였어! 언니, 이제라도 정신 차려요!

그녀는 아름의 전화를 받고 나서부턴 식은땀이 나기 시작했다.

"에, 에이! 두이 씨가 그럴 사람인가?"

─이 세상에 그럴 사람이 어디 있어요? 남자는 다 똑같지, 뭐.

아름은 도저히 이 상황을 이해할 수가 없었다.

'두이 씨에게 나 말고 다른 여자가⋯⋯?'

카미엘은 충분히 매력적인 남자이다. 만약 그녀 말고도 다른 여자가 다가온다고 해도 전혀 이상할 것이 없었다.

더군다나 그녀는 카미엘과 사귀는 사이가 아니기 때문에 그가 누구를 만나더라도 뭐라 할 권리가 없었다.

'그런데 내 마음이 왜⋯⋯.'

그녀는 가슴이 따끔거렸다.

아주 흔한 일이었다. 혼자 된 남자가 여자를 만나는 일은 그리 대수로운 일도 아니었다. 그럼에도 가슴이 따끔거린 것은 이 사건이 케케묵은 그녀의 상처를 건드렸기 때문이다.

동료 교사들이 오가며 그녀의 상태를 살폈다.

"어라? 아름 선생님, 왜 그래요? 어디 안 좋아요?"

"아, 아니, 그런 것은 아니고⋯⋯."

"정말 이상하네. 괜찮은 것 맞아요? 집에 가서 좀 쉬세요. 너무 무리해서 그런 것 아닌가? 원장님께는 저희들이 말씀드릴 테니 들어가서 좀 쉬세요. 그게 낫겠어요."

"그, 그래요."

그녀는 흔들거리는 걸음으로 보육 시설을 나섰다.

불이 꺼진 집 안.

똑, 똑.

싱크대인지 샤워기인지 몰라도 수도꼭지를 잘 잠그지 않은 모양이다.

물방울 떨어지는 소리가 집 안을 가득 채우고 있었다.

그녀는 공허한 집 안으로 돌아왔다.

"……."

불도 켜지 않은 그녀는 가로등 불빛이 어둠을 파고든 집 안 구석으로 걸어 들어갔다.

그녀가 자리 잡은 집 안 구석은 뒤집힌 액자가 누워 있는 곳이었다.

아름은 손가락으로 액자를 슬그머니 밀어냈다.

그러자 액자가 바닥으로 떨어져 내렸다.

쨍그랑!

사방으로 유리 조각이 튀어 올랐다.

아름은 액자 속에 든 사진을 꺼내 들었다.

"…나쁜 놈, 끝까지 나를 힘들게 하는구나."

사진 속에는 환하게 웃는 남자와 이름 모를 여인이 함께 서 있었다.

여인은 남자의 품에 안겨 행복한 미소를 짓고 있고, 그 미소가 만개한 벚꽃과 어우러져 싱그러운 앙상블을 자아냈다.

하지만 그 속의 여자는 그녀가 아니었다.

그녀는 사진을 손아귀에 넣고 우그려 버렸다.

뚜두두둑!

불안한 그녀의 시선이 천장에 머문다.

"이젠 좀 사라져 줘."

그녀는 한동안 그 자리에 앉아 일어설 줄을 몰랐다.

제8장
꽃이 피다

　대검찰청 중앙수사부 소속 심청수 검사가 심각한 고뇌에 빠져 있다.

　"그러니까… 이게 지금 현직 국회의원에 대한 얘기란 말이죠?"

　"김진태 의원입니다. 여당의 마지막 카드라고 불리는 사람이지요."

　"예상탁 의원이 외치는 타도 흑막의 반대 세력으로 지목되는 사람입니다. 이 사람이 지금……."

　"제주도 사건을 조장한 사람이란 생각이 듭니다."

심청수는 목이 타는 것을 느낀다.

"후우, 이것 참……."

"중수부에서 해주신다면 감사하겠습니다. 그렇지 않으면 우리 유엔조사단이 직접 나설 수밖에 없습니다. 아마 잘 아실 겁니다. 우리가 나서면 일이 더 커질 것이라는 사실을요."

아무리 대검이라고 해도 감당할 수 없는 사건은 있게 마련이다.

최고의 수사기관이라 불리는 대검이라지만 사건 하나 잘못 건드려 사회적인 파장을 불러일으키게 되면 반대로 타격을 받을 수도 있기 때문이다.

그럼에도 불구하고 검찰은 제보를 받으면 움직여야만 하는 사람들이다.

"제주도에 지하 연구 시설을 세우고 회사들을 적대적 인수 합병하여 옥션까지 차렸다는 것, 이게 지금 무엇을 의미하는지 아십니까?"

"국가 내란과 비슷한 정도의 범죄이지요. 그 사건으로 인해 죽어나간 사람이 몇 명이겠습니까? 몬스터에 뜯어먹힌 사람들의 숫자는 이루 헤아릴 수도 없고, 그 안에 실험체로 동원된 사람은 더 많지요. 게다가 경제 기반이라 할 수 있는 기업들을 떡 주무르듯이 주무르고, 마음대로 기술력을 빼돌리고, 입맛에 맞는 것들은 취해서 비타민처럼 들이켜고, 심지어 국익에 지대한 중대를 이룰 만한 기술들을 돈 받고 팔아먹다니, 이게 지금 말이 되는 소리입니까?"

"만약 입증을 못 하게 되면 어떻게 되는지 알고 계십니까?"

"알아요. 여당이 검찰의 목을 죄게 되겠지요."

"잘못하면……."

"다 죽기밖에 더하겠어요?"

심청수는 깊은 한숨을 푹 내쉬며 소파에 몸을 파묻었다.

"후우, 이것 참."

"난감해도 할 건 해야 합니다."

"하지만 만약 이 사선이 비단 김진태 의원 한 명만 관련된 것이 아니라고 한다면요?"

"그럼 파내야 할 것이 더 많아지겠지요."

"줄줄이 엮다 보면 얼마나 많은 사람이 엮일지 알 수가 없습니다."

"그러니까 검찰에서 해야 한다는 겁니다. 애먼 사람 잡아서 피 보는 일이 생기면 곤란하지 않겠습니까?"

"……."

오랜 검사 생활로 미뤄볼 때 지금의 이 사건은 김진태 한 사람만 엮였다고 보기가 힘들었다.

심청수는 최소한 열 명, 많게는 수십 명의 정계 인사와 재계 인사가 엮였을 것이라고 예상했다.

잘못했다간 본전도 못 찾고 언론 플레이 등으로 사건이 묻힐 수 있고 도처의 끄나풀이 또 다른 사건을 터뜨려 검찰의 수사 망을 흩뜨려 버릴 수도 있었다.

엄청나게 많은 경우의수를 짊어진 이 사건을 대검에서 터뜨 린다면 파장이 만만치 않을 것이다.

그렇지만 검사로서 민생을 농단하는 이 사건을 그냥 지나칠 수는 없었다.

"총알은 제대로 장전하신 것이겠지요?"

"수류탄에 박격포까지 갖추어놓았습니다. 터뜨릴 사건이 꽤 많아요."

심청수는 해당 정보를 자신의 사건 파일에 슬며시 밀어 넣었 다.

"한번 해봅시다. 그래요. 단장님의 말처럼 죽기밖에 더하겠습 니까?"

"그래요. 사람이 야망을 가져야지요."

"단, 우리가 뿌리를 뽑는 데 실패하면 유엔조사단이 수습을 해주셔야 합니다. 약속하실 수 있습니까?"

"물론입니다."

"좋습니다. 그런 조건이라면 한번 밀어붙여 보지요."

"잘 생각하신 겁니다. 후회하지 않으리라 보장합니다."

심청수를 찾아온 솔로몬은 가장 먼저 서울지방법원에서 벌어질 법정 공방에 대해 예고하였다.

"먼저 우리가 운을 띄우겠습니다. 그럼 자연스럽게 중수부에서 끼어들어 국회의원 김진태를 잡아들이면 됩니다."

"처음부터 판을 키우자고요?"

"아주 크게, 그것도 메가톤급으로요."

솔로몬은 자신이 확보한 증인과 증거들을 나열해 주었다.

"결정적인 증언을 해줄 첫 번째 증인은 브로커, 두 번째 증인은 그 살인 교사 집단의 수장, 세 번째는 교사를 당할 뻔한 피해자입니다. 이 정도면 진짜 세게 한 방 칠 수 있을 겁니다."

"흠."

"그 이후 중수부가 움직일 때쯤 신문사에서 한번 제대로 터뜨릴 겁니다. 그럼 중수부가 움직이지 않으려 해도 오더가 내려오겠지요. 청와대에서도 분명 부담이 될 테니까요."

심청수는 사건 파일을 서류 가방에 집어넣었다.

그는 당장 자리에서 일어섰다.

"좋아요. 기왕지사 하는 김에 지금 움직입시다."

"그러시겠어요?"

"먼저 잠입 수사를 했다는 그 요원부터 만나보도록 합시다."

"그러시지요."

솔로몬은 심청수를 데리고 유엔연합군 병원으로 향했다.

                    *   *   *

　　이제 막 퇴원을 앞둔 스칼렛은 자신을 찾아온 심청수에게
담배를 선물로 주었다.

　　"이 담배가 뭔지 아세요?"

　　"오랜만에 보는군요. 이게 도대체 언제 적 담배야?"

　　"피우시는 데 지장은 없을 겁니다."

　　"고마워요."

　　심청수는 스칼렛과 담배를 피우며 사건에 대한 얘기를 이어
나갔다.

　　그녀는 자신이 조사한 탁동훈이라는 남자에 대해서 설명하
였다.

　　"저도 자세한 내막까지는 모릅니다만, 탁동훈이 정부청사를
다니면서 기업 장사에 손을 댄 것 같았습니다. 그는 적당한 타
깃을 잡으면 그를 옥션으로 끌어들이고 필요한 물건을 팔아치웠
습니다. 물론 이들이 옥션에 내어놓는 회사들은 고객이 되는
사람들의 뒷조사를 벌여 그들에게 필요한 물건들을 수급하는
것이니 시세는 부르는 것이 값입니다."

　　"그런 어마어마한 짓을 벌일 수 있는 원동력이 과연 뭘까요?"

　　"돈이겠지요."

　　"돈이라……."

"그들의 자금력이면 옥션을 꾸릴 정도의 인맥을 조성하고도 남을 겁니다. 방금도 말씀드렸다시피 기업 장사로 남겨먹는 돈이 상상을 초월할 정도입니다. 그들의 고객은 해외에서 더 많이 들어오니까요."

"국가의 토종 기업을 팔아먹는 사람들이라……."

"그 흑막이 반드시 존재할 것이라고 생각합니다."

심청수는 그녀에게 작전에 참여할 수 있는 여유에 대해 물었다.

"만약 제가 판을 벌이면 도와주실 수는 있겠어요?"

"당연하죠. 제가 당한 만큼 갚아줘야 하는 것은 인지상정 아닌가요?"

"그래요. 그렇다면 저도 제대로 팔을 걷어붙이겠습니다."

그는 자신이 판을 벌이면 누군가 다칠 수 있다는 것을 잘 알기에 사전에 양해 아닌 양해를 구한 것이다.

"그럼 며칠 후에 다시 봅시다. 그땐 정말 각오해야 할 겁니다."

"물론이죠. 그게 우리가 하는 일인데요."

"그래요. 잘 알겠습니다."

두 사람은 손을 맞잡았다.

*　　　　*　　　　*

서울 마포대교 인근 대로변에 커피를 손에 쥔 남자 두 명이 서 있다.

차가 쌩쌩 달리는 이곳에서 여유롭게 커피나 마신다는 것이 선뜻 이해가 되지 않았지만 두 사람의 표정은 카페에 와 있는 것만큼이나 초연했다.

한 남자는 30대 중반이 된 청년이고 또 한 사람은 국회의원 김진태였다.

김진태는 신원을 제대로 알지도 못하는 이 청년에게 말끝마다 경어를 사용하였다.

"행여나 제가 누가 된 것은 아닌지 모르겠습니다."

"그래요. 확실히 누가 되긴 했죠."

"죄송합니다. 제 실력이 워낙 미천해서 그렇습니다."

"알아요. 당신의 실력이 미천하다는 것, 너무나도 잘 알지요."

"…뭐라 드릴 말씀이 없습니다."

"그래요. 입이 열 개라도 할 말이 없겠죠."

청년은 잘 마시던 커피를 바닥을 향해 엎었다.

쪼르르르.

그런데 그 뜨거운 커피가 쏟아진 곳은 다름 아닌 김진태의 발등이었다.

김진태는 그 자리에서 옴짝달싹하지 못한 채 서 있었다.

"으, 으으윽."

"만약 이번 사건이 터지면 당신은 물론이고 여야 의원들 다수가 다칠 겁니다. 그뿐인가요? 검찰은 물론이고 경찰까지 죄다 털릴 것이고 정부 각처 고위급 인사들까지 덜미를 잡혀 스스로 자리를 내려놓아야 할 겁니다."

"…죄, 죄송합니다!"

"하필이면 이렇게 중요한 순간에 일을 그르치다니 도저히 용서가 안 되는군요."

"앞으론 이런 일 없도록……."

청년은 남은 커피를 김진태의 얼굴에 끼얹어 버렸다.

촤락!

"으허어윽!"

"멍청한 겁니까, 아님 사람이 둔한 겁니까? 당신이 벌인 이번 일, 잘못되면 끝입니다. 다음이라는 단어는 어울리지 않는다고요."

"죄송합니다!"

그는 커피 잔을 김진태의 얼굴에 집어 던져 버렸다.

퍼억!

"크윽!"

굴욕, 살면서 사람이 이런 굴욕을 맛보게 될 순간이 과연 얼마나 될까?

김진태는 이 엄청난 굴욕을 꿋꿋이 견뎌냈다.

"…잘하겠습니다!"

"그래요. 잘해야죠. 이번 사태를 수습하지 못하면 그냥 다 죽는 겁니다. 그땐 이미 늦어요. 알겠어요?"

"무, 물론입니다!"

"자, 그럼 처음부터 다시 시작해 볼까요? 이 일을 수습하기 위해서 필요한 것이 뭐라고요?"

"부, 북한과의 불화입니다."

"그리고 또?"

"러시아와 중국의 간섭, 일본의 견제입니다."

"언제나 그랬듯 이 실타래처럼 꼬인 케케묵은 알력 다툼이 필요한 겁니다. 이것만 잘 이용해도 중간은 간다고요. 무슨 말인지 알아들어요?"

"알겠습니다!"

"그래요. 앞으론 잘할 것이라고 믿어요, 김진태 의원님."

"무, 물론입니다!"

청년은 뒤도 돌아보지 않고 갓길에 주차되어 있는 차에 몸을 실었다.

부르르르릉!

부드럽고 가벼운 엔진의 배기 음이 차를 움직였다.

김진태는 그 자리에 남아 덜덜 떨리는 손을 가까스로 부여잡고 있었다.

그는 저 멀리서 대기하고 있는 사무장을 불렀다.

"…뛰어와."

"예!"

어지간해선 부하들에게 하대를 하지 않는 김진태이지만 오늘만큼은 그 분위기부터가 달랐다.

"그 안건을 지금 당장 터뜨려."

"오늘 말입니까?"

"…지금, 지금 터뜨리라고, 이 멍청한 새끼야!"

퍼억!

김진태의 주먹이 그의 얼굴로 날아가자, 사무장은 어쩔 수 없이 그 자리에 엎어질 수밖에 없었다.

"으, 으윽! 지금 당장 준비하겠습니다!"

"피라미들을 한 방에 보내 버려야 하니 좀 세게 터뜨려."

"예, 알겠습니다!"

김진태는 손수건으로 자신의 얼굴에 묻은 커피를 닦아냈다.

그는 바득바득 갈리는 이를 가까스로 앙다물었다.

"저 꼬맹이 자식, 언젠가는 내 손으로 처단해 주마!"

마침내 평소의 자신으로 돌아온 김진태는 특유의 미소 띤 표정으로 차에 올랐다.

어슴푸레 안개가 낀 새벽, 일본 가자나와의 한 고저택에 닭 우는 소리가 들린다.

꼬끼오!

아침을 깨우는 이 소리를 듣고 일어난 저택의 가정부들이 분주하게 움직이기 시작했다.

이곳에 상주하고 있는 가정부의 숫자는 50명, 이들은 오로지 한 사람을 위해 요리를 하고 청소를 했다.

한 사람을 위해 일하는 사람들이라곤 생각할 수 없는 숫자이지만 정작 일하는 사람들은 바쁘기가 그지없었다.

그녀들은 주인의 취향에 맞추기 위해 한반도에서 직접 공수한 메밀로 냉면을 만들고 그 위에 올라갈 고명은 오늘 잡은 소고기와 돼지고기로 만든다.

숨이 붙어 있는 소를 잡아 아직 신경이 살아 있을 때 육회로 만들어 냉면 위에 올리고 돼지의 목심을 숯불에 구워 불고기를 만들어야 한다.

그 때문에 오늘 아침까지 목숨이 붙어 있던 소, 돼지를 잡아 고기를 얻어야 하는 것이다.

또 하나, 새벽같이 일어나 울어대던 수탉의 곁에서 잠든 닭을 때려 죽여 육수용 통닭을 얻어내야 한다.

몽둥이를 든 가정부 세 명이 닭장으로 들어가 손수 닭을 때려잡았다.

퍽퍽퍽!

꼬끼오! 꾸웩!

그녀들은 하도 오래해 온 일이라서 이것이 잔인한지 번거로운지 느끼지도 못했다.

잡은 그 자리에서 피를 빼고 내장을 꺼내놓으면 육수를 내기 바로 전에 털을 뽑고 잔털까지 제거한다.

이렇게 하면 잡내나 누린내가 전혀 나지 않기 때문에 냉면 육수를 뽑았을 때 최상의 결과를 얻어낼 수 있었다.

그럭저럭 아침 준비가 끝나갈 때쯤엔 잠에 빠져 있는 집주인을 깨울 차례이다.

가정부 중에서 가장 미모가 출중한 여자가 그가 자고 있는 방문을 살며시 두드렸다.

똑똑.

"주인님, 이제 기침하실 시간입니다."

"……."

잠귀가 밝아 문만 조금 두드려도 잠에서 깨어나던 그가 어쩐 일인지 기척도 없다.

그녀는 혹시나 하는 마음에 다시 문을 두드렸다.

똑똑.

"주인님?"

"……."

그래도 대답이 없기에 그녀는 고개를 갸웃거렸다.

"이상하다. 어제 약주도 드시지 않은 것 같은데……."

다시 한 번 문을 두드리려던 그녀는 자신을 향해 비추는 밝은 빛을 느끼곤 곧장 고개를 돌렸다.

째엥!

"으으……!"

그 빛은 렌즈에 빛이 굴절되어 보이는 그런 종류의 것이었다.

누가 저 멀리서 장난을 치고 있는 것인지, 그렇지 않으면 누군가 사진기를 들이대고 있는지도 몰랐다.

하지만 사진기라고 하기엔 빛의 세기나 직경이 조금 달랐다.

"아침부터 장난인가?"

그녀는 이런 특이점을 캐치하기엔 너무나 정신이 없었다.

다시 문을 두드려 주인을 깨우는 것이 그녀가 맡은 일이기 때문이다.

똑똑!

"주인님, 기침하셔야지요!"

조금씩 목소리가 높아지는 그녀에게 조금 수상한 것이 보였다.

나무로 만든 방문에 구멍이 뚫려 있는 것이다.

"이게 무슨……."

구멍에선 연기가 스멀스멀 피어오르고 있었다.

그녀는 연기가 내뿜는 냄새를 맡곤 화들짝 놀랐다.

"화, 화약?!"

결국 그녀는 굳게 닫혀 있는 방문을 열었다.

드르르르륵!

"주, 주인님?"

불이 꺼진 방 안에는 집주인인 김정환이 미동조차 하지 않고 누워 있다.

그녀는 떨리는 걸음으로 방바닥을 밟았다.

처덕.

그런데 그녀의 발에 밟히는 것은 다름 아닌 사람의 피였다.

화들짝 놀란 그녀가 주변을 둘러보니 사방이 전부 피 천지였다.

순간, 그녀는 경기를 일으켰다.

"꺄아아아아아악!"

소리를 들은 가정부들이 하나둘 김정환의 방으로 모여들었다.

그녀들은 김정환의 방 앞에 멈추어 서선 모두 비슷한 반응을 보였다.

"어, 엄마야! 이게 무슨 일이야?!"

"경찰! 경찰을 불러! 어서!"

북한 공산당의 주축이자 차기 권력자로 거론되었다가 정권이 바뀌면서 추방을 당한 김정환이다.

그가 가진 비밀 재산의 규모가 공산당 제1 순위였기에 항상 암살의 위험을 짊어지고 살아야 했다.

때문에 일본, 중국, 대만 등을 돌아다니면서 살던 그는 한곳에서 정착하는 것이 꿈이라고 입버릇처럼 말하곤 했다.

그런 그가 오늘 아침 참변을 당하고 만 것이다.

아마 오늘 아침이 지나고 나면 일본은 물론이고 남한, 중국, 대만 등지에서 이 사건을 대서특필하게 될 것이 분명했다.

물론 북한에서도 이 사건을 예의 주시하며 시신의 반환을 요구할 것이다.

그렇지만 그의 반환은 쉽지 않을 것이다.

김정환이 가진 비자금을 노리는 국가들이 워낙 많아서 그의 국적이 다중 국적이기 때문이다.

일본 역시 그 국가 중의 하나였고, 김정환의 신변을 지키기 위해 지금까지 무던히도 노력해 온 것이다.

물론 김정환이 이런 대접을 받는 것은 돈 때문이기도 했지만 결정적인 것은 그가 가지고 있는 차세대 핵무기 '푸른 고래' 미사일의 핵심 기술 때문이었다.

김정환이 차기 권력자로 불리던 시절, 그는 해외 각지에 무기

회사를 차려놓고 비밀 실험을 자행해 왔다.

그 과정에서 불완전하지만 초경량 기가톤급 미사일을 개발했다고 추정된다.

김정환은 몬스터 코어를 핵미사일로 전환하는 기술을 개발했고, 그것을 최후의 보루로 틀어쥐고 있었다.

이 때문에 김정환을 붙잡으려는 각 국가들의 각축전이 한창이었다.

한마디로 김정환은 현대전의 판도를 180도로 뒤집는 황금 열쇠나 마찬가지였던 것이다.

그런 그가 암살을 당했다.

이 사실은 앞으로 동북아시아에 거대한 회오리를 만들어낼 사건이 되고 만다.

＊　　　　＊　　　　＊

적막이 흐르는 국방과학연구소 지하 연구실에 카미엘이 찾아왔다.

그는 격리 병동에 수용되어 있는 카트리나를 바라보았다.

"……."

아무런 말도 없고 그저 천장만 바라보고 있는 카트리나에게 카미엘이 말을 걸었다.

"카트리나, 카미엘이야."

"…누구?"

"카미엘, 마법사 카미엘 말이야."

그녀는 연신 고개를 갸웃거릴 뿐이다.

카미엘은 허선선 박사에게 그녀의 상태에 대해 물었다.

"어떻게 된 겁니까? 언제부터 저래요?"

"큐브에서 꺼낼 때부터 저렇습니다."

"흠."

허선선은 카미엘에게 자신이 품은 의문점에 대한 답을 구했다.

"며칠째 몸에선 눅진한 물체가 흘러나오고 그녀는 염력 비슷한 능력을 씁니다. 가끔은 이상한 몬스터 같은 것들도 소환하지요."

"…그렇습니까?"

"저 사람의 정체가 도대체 뭐예요? 당신은 또 누구고요."

"말해도 이해하지 못할 겁니다."

"알아요. 이해하지 못하겠죠. 하지만 꼭 들어야겠습니다."

카미엘은 그녀의 정체를 한마디로 정의하였다.

"몬스터, 그 위의 몬스터. 몬스터의 포식자라고 불리기도 하죠."

"무슨 포식자요?"

"그녀는 몬스터를 잡아먹고 그것을 바탕으로 힘을 키웁니다. 한마디로 몬스터 먹이사슬의 최상위에 있는 것이지요."

"…그게 말이 돼요?"

"그럼 그녀가 갑자기 큐브 속에 갇혀 나타난 것은 어떻게 설명할 겁니까? 이미 그녀는 죽었어요. 죽은 사람이 큐브가 되어 나타났다고요."

"……!"

두 사람이 미묘한 신경전을 벌이고 있을 무렵이다.

위이이이잉!

국방과학연구소의 사이렌이 울렸다.

[비상사태! 비상사태! 현재 국방과학연구소 주변으로 1만 마리가 넘는 몬스터가 몰려오고 있습니다! 전 군은 비상사태를 선포하고 각자 위치로 투입할 것을 명령합니다! 비상사태! 비상사태……!]

순간, 카미엘과 그녀가 비명에 가까운 경악을 내질렀다.

"이, 일만?!"

"이게 도대체 어떻게 된 일일까요?!"

바로 그때였다.

쿵쿵쿵!

실험실에 갇혀 있던 그녀가 미친 듯이 발작을 하기 시작했다.

"으, 으으으, 으으으으……!"

"카트리나!"

허선선 박사는 황급히 차단막의 차폐장치를 제거하였다.

드르르륵!

드디어 열린 문으로 카미엘이 뛰어들어 갔다.

"이봐, 카트리나! 정신 차려!"

"…카미엘?"

"그래, 나야! 카미엘이라고!"

그녀는 카미엘의 손을 붙잡았다.

"…또 기억이 흐려지려고 해! 나를 구해줘!"

"뭐라고?"

"나의 조각들을……."

사시나무 떨리듯 떨리던 그녀의 몸이 차갑게 식어버렸다.

"카, 카트리나?!"

허선선 박사는 그녀의 맥을 짚어보았다.

"…사망하셨습니다."

"뭐, 뭐라고요?!"

"유감입니다만 사망하셨군요."

"젠장!"

카미엘이 절망하는 순간에도 몬스터들의 침입은 계속되었다.

—제1차 방어선, 돌파되었습니다!

—제2차 방어선을 구축합니다!

그녀는 카미엘에게 이곳을 탈출할 것을 권하였다.

"가요! 어서요!"

"지금 이 상태로 어딜 간단 말입니까?"

"가만히 앉아 있다간 다 죽어요!"

카미엘은 고개를 저었다.

"이렇게는 못 갑니다. 그녀의 시신이라도 가지고 가아겠어요."

"하지만……!"

"당신도 함께 갈 겁니다. 필요한 것이 있다면 어서 챙겨요. 10초 내에 빠져나가야 합니다."

그녀는 하는 수 없이 카미엘의 말에 따르기로 했다.

*　　　　*　　　　*

어깨에 카트리나를 짊어지고 연구병동 비상 탈출구로 나온 카미엘에게 전화가 걸려왔다.

발신자 : 솔로몬

카미엘은 곧장 전화를 받았다.

"솔로몬!"

―지금 어디인가?!

"연구병동 비상 탈출구에 있습니다."

―그곳에서 나와 옥상까지 갈 수 있겠나? 지금 헬기가 가는 중이네.

"노력해 보겠습니다."

―그래, 빨리 오게. 몬스터의 숫자가 너무 많아. 우리가 어찌할 수 있는 수준이 아니라고.

　"알고 있습니다. 그러니 죽지 않게 최선을 다해보겠습니다."

　―그리고 그 카트리나라는 여자, 아무래도 이상해. 순간이동을 하는 것도 아니고…….

　"예? 그게 무슨 말씀이십니까?"

　―몬스터들이 처음 창궐한 아공간에서 그녀의 모습이 발견되었어. CCTV에 찍힌 그 모습이 연구소에 갇혀 있는 카트리나의 모습이었다고.

　"……?!"

　―아무튼 어서 합류하게. 지금 당장 반격을 준비하지 않으면 큰일이 날 거라고.

　"…알겠습니다."

　카트리나의 얼굴을 바라보는 카미엘과 허선선의 표정에 심란함이 가득했다.

　"뭐, 뭐가 어떻게 된 건가요?"

　"모릅니다. 일단 살아남고 봅시다."

　두 사람은 구조 헬기를 타기 위해 옥상으로 향했다.

외전

애들 싸움이
어른 싸움이 되는 법

땅거미가 지는 봉황산 초입에 요란한 기계음이 들려온다.

슈슈슈슈슈슉!

수렵 활동을 끝마친 카미엘이 봉황산 초입에 위치한 1차 방역소에서 분사식 소독을 받고 있었다.

수렵용 슈트를 입은 채 자동 소독기 안으로 들어가 방역을 받은 카미엘은 흐르는 바람에 맞서 두 팔을 벌렸다.

휘이이잉!

소독제는 공기와 닿으면서 유해 물질을 녹이는 방식이기 때문에 이렇게 5분 이상 서서 바람을 맞아야 효과가 있다.

가만히 서서 바람을 맞고 있는 카미엘에게 먼저 소독을 끝낸 리나가 달려왔다.

"이봐, 아저씨!"

"무슨 일이야?"

"아린이가 사고를 친 것 같아!"

"뭐?"

이제 막 소독이 마무리된 카미엘이 소속 기기의 전원을 껐다.

그는 전원을 끄자마자 그녀의 손을 잡아 이끌었다.

"가자. 어디야?"

"공공 보육 시설."

"보육 시설? 그곳에서 사고를 칠 것이 뭐 있어?"

"아린이가 같이 놀던 아이의 얼굴에 멍을 들게 했대. 주먹으로 후려친 것 같아."

카미엘이 고개를 갸웃거렸다.

"얼굴을 후려쳤다고?"

"듣기론 아린이가 어떤 사내아이의 죽빵을 마구 후려쳤다는데?"

"그 꼬맹이가 죽빵을 쳤다고? 그게 말이 되는 소리야?"

"그럼 보육교사들이 거짓말을 했겠어?"

믿기 힘든 소리였다.

죽빵, 얼굴을 주먹으로 마구 갈기는 것을 흔히 '죽빵 친다'고
표현한다.

"이제 두 돌 지난 아이가 죽빵을 친다고? 뭔가 좀 과장된 것
아니야?"

"나도 얘기만 들어서 잘 몰라. 애들을 데리러 가보니 아주 난
리가 나 있더라고."

"별일이 다 있군. 죽빵이라니."

"아무튼 어서 가보자. 그쪽 학부모가 전화로 난리를 피웠대.
아마 곧장 이곳으로 찾아올 것 같아."

"흠……"

아이들 싸움 때문에 부모들 간에 실랑이가 벌어지는 일이 종
종 있긴 하지만 카미엘은 스스로가 이런 상황에 처할 것이라곤
전혀 상상도 하지 못했다.

'아린이가 그렇게 흉포한 짓을 했을 리가 없는데.'

그가 아이들 문제로 골머리를 썩지 않으리라 생각한 것은 손
녀의 괄괄하지만 온순한 성격 때문이다.

아린은 분명 쾌활하고 힘이 넘치지만 폭력적인 성향은 찾아
볼 수 없는 아이였다.

그것은 갓난쟁이 시절부터 아이들을 돌봐온 카미엘이 가장
잘 아는 사실이다.

카미엘은 뭔가 사연이 있겠다 싶어 차분하게 사태를 관망하

기로 했다.

그에 반해 리나는 조금 흥분한 것 같았다.

"그나저나 그 아줌마, 참 웃기는군. 아이들이 크다 보면 싸울 수도 있고 몇 대 맞을 수도 있는 거지, 그런 것을 가지고 난리를 쳐? 나중에 아들내미가 어떻게 클지 불을 보듯 뻔하군."

"내 자식 귀하면 남의 자식도 귀한 법이지. 그 집에서는 귀한 아들일 텐데 때린 것은 분명 잘못한 일이야."

"흥, 그렇지만 계집애에게 죽빵 몇 대 맞았다고 죽나? 어른이 때렸다면 몰라도 아이가 때린 것인데?"

"흥분을 가라앉혀. 큰 소리 내서 좋을 것은 없으니까."

씩씩거리는 리나를 데리고 공공 보육원을 찾아온 카미엘은 벌써 난리 법석을 떨고 있는 여자를 발견하였다.

약간 마르고 키가 큰 묘령의 여자가 보육교사들에게 삿대질을 하며 욕설을 퍼붓고 있었다.

"이봐요, 당신들! 제정신이에요?! 국가에서 지원도 안 나와 내 돈 다 내고 보육 시설에 보내놓았더니 꼴이 이게 뭐예요?! 당신들도 한번 맞아볼래요?!"

"죄송합니다."

"공공 기관이라서 믿었더니 아주 개판이군! 원장 나오라고 해!"

그녀의 품에 안겨 있는 아이의 얼굴에는 정말로 선명하게 멍이 나 있었다.

막상 아이의 상태를 보니 조금 마음이 좋지 않은 카미엘이다.

그는 피해 유아의 보호자에게 다가갔다.

"아린이 할애비 되는 사람입니다."

"어머나, 놀래라! 할아버지? 당신이 아린이 할아버지예요?"

"예, 그렇습니다."

그녀는 대놓고 카미엘을 무시하기 시작했다.

"참, 할아버지가 이렇게 어리니 애들이 뭘 보고 배웠겠어? 할아버지가 일찍 사고 쳐서 낳은 자식들이 아이들을 놓고 도망친 모양인데, 가정교육이 제대로 됐을 리가 없지."

"…그런 것은 아닙니다만, 아무튼 아린이가 폭력을 휘두른 것은 저의 불찰입니다. 탓하시려거든 저를 탓하시지요. 보육 시설은 아무런 잘못이 없잖습니까?"

카미엘이 깊이 고개를 숙여 사과를 하였음에도 불구하고 그녀는 여전히 화가 머리끝까지 난 모양이다.

그녀는 카미엘의 멱살을 잡았다.

턱!

"이봐요, 내가 누군지 알아? 동해, 삼척 바닥에선 모르는 사람이 없는 여자야! 이 동네 건달들도 나에게 누님이라고 부른다고! 그런 내 아들을 건드리고도 무사할 줄 알아?! 앙?!"

"죄송합니다. 뭐라 드릴 말씀이 없네요."

"정말 죄송해요?"

"······?"

"그럼 무릎을 꿇어요. 무릎을 꿇으면 사과를 받아줄게요."

리나는 황당하고 기가 막혀서 빽 소리쳤다.

"이 여자가 미쳤나? 애들 싸움 가지고 무슨 무릎까지 꿇어? 머리가 어떻게 된 것 아니야?"

"뭐? 정말 끝까지 한번 가볼까? 경찰서에서 정식적으로 고소 절차 한번 밟아봐?"

"고소? 진짜 뭘 잘못 처먹었군. 이게 지금 고소까지 갈 상황 이야?"

"갈 수 있지. 내 아들 얼굴 좀 봐. 이 잘생긴 얼굴에 멍이 났 다고! 내 금쪽같은 아들 얼굴에!"

리나는 실소를 흘렸다.

"큭, 그게 잘생긴 얼굴이면 우리 아델이는 연예인이냐?"

"···뭐라고?"

실제로 그녀의 아들은 들창코에 눈이 옆으로 쭉 찢어져서 결 코 보기 좋은 얼굴은 아니었다.

그에 반해서 거리에 나가면 인기 폭발에 모델 제의까지 물밀 듯이 들어오는 아린, 아델 남매는 눈부시다 할 정도의 미모를 자랑하였다.

아마도 그녀가 이 난리를 치는 것은 아들의 못난 외모에 대한 자격지심이 한몫한 것 같기도 했다.

일이야 어찌 되었든 간에 사태는 점점 커져가는 중이고, 그녀의 화는 쉽사리 가라앉을 것 같지가 않았다.

보다 못한 보육교사 중에 예정희라는 사람이 나섰다.

"사실 아델이도 성욱이에게 맞았어요. 그냥 맞은 것이 아니고 매일 아델이를 꼬집고 깨물어요. 틈만 나면 손바닥으로 얼굴을 때리기도 하고요."

"…뭐야? 이년이 미쳤나?! 말이면 다인 줄 알아?!"

"그럼 제가 거짓말을 할까요? 제가 보고 있지 않으면 매일 때리고 괴롭히니까 눈을 뗄 수가 없어요. 하루에도 몇 번씩 그러니까 아델이의 몸에는 상처가 가득해요. 눈에 잘 보이지는 않지만 하루에도 몇 개씩 상처가 난다고요. 성욱이의 손버릇이 얼마나 안 좋으면 친구들이 성욱이와는 놀려고 하지도 않아요. 아린이는 성욱이가 아델이를 괴롭히니까 보다 못해서 주먹으로 몇 대 친 거라고요."

"이, 이게……?!"

"사실 교사로서 이런 말까지 하면 안 되는 거 아는데요, 그래도 할래요. 솔직히 성욱이 정도면 아린이에게 몇 대 맞았다고 난리를 피울 입장도 아니네요."

"이런 쌍년이 정말?!"

그녀는 아들을 바닥에 내려놓고 예정희의 머리채를 잡았다.

"아, 아아! 이거 놔요!"

"이년이 아주 못 하는 소리가 없네?! 내가 누군지 오늘 똑똑히 알려주겠어!"

아이들 싸움에 어른들이 나서면 일이 커진다는 말이 무슨 말인지 뼈저리게 느끼는 카미엘이다.

보육교사의 머리채까지 잡는 그녀를 바라보는 카미엘의 심정이 조금 복잡해졌다.

'이게 모두 다 내 잘못이다. 가정을 잘 건사했다면 이럴 일도 없었을 텐데.'

만약 카미엘이 제대로 중심을 잡고 가정을 꾸렸더라면 레비로스가 죽는 일은 없었을 것이고, 아들, 며느리가 아델에게 신경을 쏟았을 것이다.

그랬다면 아델이 괴롭힘을 받고 아린이 그것을 보다 못해 고사리손으로 주먹을 휘두를 일도 없었을 것이다.

그는 무릎을 꿇었다.

쿵!

"모두 내 불찰입니다!"

"아, 아델이 할아버님!"

"제 아들이 저 때문에 죽고 혼자 쌍둥이 먹여 살리겠다고 일에 손을 좀 댔더니 도통 애들에게 신경 쓸 시간이 없네요. 만약 제가 젊어서 가정을 꾸리고 잘 살았다면 아들이 죽는 일은 없었을 텐데……."

보육교사들이 무릎을 꿇은 카미엘을 일으켜 세웠다.

"일어나세요. 맨바닥에 무릎을 꿇으시면 안 돼요. 몸 상해요."

"맞아요. 그리고 아델이 할아버님께선 세상을 살기 좋게 만드는 일을 하고 계신 거잖아요? 만약 할아버님이 안 계셨다면 지금쯤 삼척은 괴물 천지에 피바다가 되었을지도 모른다고요."

"…그래도 제 불찰이 큽니다."

그는 무릎을 꿇고 깊이 고개를 숙여 사죄하였다.

"죄송합니다! 다시는 이런 일이 없도록 하겠습니다!"

"흥! 저 어린것이 무슨 말을 알아듣겠어? 당신이 조심한다고 아이가 폭력을 휘두르지 않겠어?"

"제가 집에서 최대한 교육하면서……."

"나가요."

"예, 예?"

"나가라고요. 보육원에서 아이들을 데리고 나가라고요."

순간, 보육교사들이 그녀의 말에 발끈하여 들고일어났다.

"이보세요, 성욱이 어머니! 성욱이도 잘못했다고 말씀드렸잖아요! 그렇게 따지면 성욱이가 제일 먼저 나가야지요! 성욱이는 아델이는 물론이고 주변 친구들을 다 못살게 구는걸요!"

"뭐야?! 지금 여기서 그 얘기가 왜 나와?!"

"어머님께서 주먹을 휘두른 것에 대한 얘기를 하시잖아요!"

"그만!"

시끄럽게 난리를 피우는 그들의 앞에 선 사람은 다름 아닌 보육 시설의 원장 이태림이었다.

이태림이 사건을 중재하고 나섰다.

"성욱이 어머님, 자식이 맞은 것이 억울한 것은 저희들도 잘 알고 있습니다. 하지만 성욱이에게 맞은 부모님들이 따지고 들어왔을 때 어머님은 뭐라고 하셨지요?"

"…뭐요? 지금 그 얘기가 왜 나와?!"

"나오는 것이 당연합니다. 그때 성욱이도 아이들을 너무 많이 괴롭혀서 경고 조치가 들어갔으니까요. 아린이의 경우에도 마찬가지입니다. 친구를 때리고 상처 낸 것은 분명 잘못한 일입니다. 하지만 그만한 이유가 있었고, 그 이유는 정당했습니다. 아마 다 큰 어른이라도 자기 형제가 맞고 있는 것을 가만히 지켜보고만 있지는 않을 겁니다. 제 말이 틀렸나요?"

"그건……."

"만약 자꾸 이런 식으로 나오신다면 저희들은 어쩔 수 없이 성욱이를 퇴출시킬 수밖에 없습니다. 아시다시피 보육 시설은 어린이집에 들어가지 못한 아이들이 모여 지내는 마을의 공공 보육원입니다. 교사의 숫자도 부족하고 시설도 상당히 열악해서 아이들을 돌보는 것이 벅찹니다. 그나마 최근에는 대기업과 용병 단체에서 지원을 해주서서 교사들의 숫자가 늘어나고 시설이 증축되었습니다만, 그래도 힘든 것은 마찬가지입니다. 만약 성욱이와 같이 교사 여러 명을 힘들게 하고 잘 지내는 아이들을 괴롭히는 원생이 있다면 당연히 퇴출시켜야 할 것입니다."

이태림의 일목요연한 설명을 들은 그녀는 아무런 말도 할 수가 없었다.

그녀는 성욱이를 안고 황급히 자리를 떴다.

"흥! 내가 가만있을 것 같아?! 너희들, 아주 다 죽었어! 내가 시의회와 시청 찾아가서 탄원서를 제출할 거야! 다들 콩밥 먹을 준비나 하라고!"

"마음대로 하시죠."

씩씩거리며 내리막길을 내려가는 그녀를 뒤로하고 이태림이 무릎을 꿇은 카미엘에게 말했다.

"죄송합니다. 이런 물의를 일으켜서……."

"아닙니다. 아린이가 친구를 때린 것은 분명 잘못한 일인데요, 뭐."

"그래도 이런 일이 일어나지 않도록 예방하는 것이 저희들 교사의 몫인데, 그것을 못 해서 면목이 없습니다."

그녀는 카미엘에게 연신 고개를 숙였다.

"가정통신문으로 몇 번 연락을 드리긴 했습니다만, 아델이가 성욱이에게 많이 맞았어요. 우리 교사들로선 아이를 말리는 것 말고는 딱히 할 수 있는 것이 없어서 걱정만 하고 말았지요. 적당한 조치를 취했어야 하는데……."

"아닙니다. 제가 일이 워낙 바빠서 아이들을 제대로 돌보지 못한 탓이 큽니다. 이런 제가 할애비라고 집에 있으니……."

"그런 말씀 마세요. 큰일하시는 분이 그러시면 우리는 어쩌라고요."

이태림은 아델, 아린 남매를 안고 있는 아름에게 카미엘을 따라나설 것을 부탁하였다.

"아름이 선생님, 쌍둥이를 좀 부탁해요. 할아버님과 함께 집까지 가줘요. 아이들이 불안해할 겁니다."

"네, 알겠습니다."

아름은 카미엘과 리나를 이끌었다.

"가요. 가면서 얘기해요."

"네, 알겠습니다."

세 사람은 쌍둥이를 데리고 집으로 향했다.

*   *   *

조금 늦은 저녁을 먹는 자리에서 아름은 아델의 구타 사건에 대해 설명하였다.

냉장고에 있는 반찬거리에 아름이 끓인 김치찌개를 먹는 카미엘의 표정이 썩 좋지가 않다.

"아델이가 원래 무던하고 진득한 성격이라서 누가 어떻게 하든 간에 별 미동이 없어요. 그러니 친구가 때리고 할퀴어도 별 반응이 없었죠. 제가 볼 때마다 성욱이에게서 아델이를 떼어놓아도 성욱이가 집요하게 따라와서 아델이를 괴롭혔어요. 동료 교사들도 이 사실을 잘 알고 있어서 성욱이를 요주의 인물로 취급하고 있지만 소용이 없어요. 사실 두 돌이면 말귀를 알아들을 때인데도 불구하고 성욱이는 막무가내예요. 말은 알아듣는 것 같은데 자기가 하고 싶은 대로만 하죠. 아마 아버지가 안 계셔서 사회성에 영향을 끼친 것 같다고……"

"으음, 편모 가정이군요."

"그래서 교사들이 성욱이에게 더 관심을 쏟고 편애 아닌 편애를 한 것도 사실이지만, 아이가 나아질 기미가 보이지 않네요."

리나는 그녀의 얘기를 듣더니 수저를 탁 내려놓았다.

"젠장, 생각할수록 열받네. 그럼 애들은 부모님이 아예 안 계신데, 그럼에도 불구하고 활발하고 착하잖아? 그건 핑계거리도 안 되는 얘기야."

"아무튼 친구를 때린 것은 잘못한 일이야."

카미엘은 마당에서 놀고 있는 아린이를 낚아채 자신의 무릎에 앉혔다.

"꺄아!"

"아린, 친구를 때리면 안 되는 거야."

"…으잉?"

말귀를 못 알아듣기는 해도 이렇게 주입시키면 조금 낫지 않을까 하는 생각에 카미엘은 몇 번이고 같은 말을 반복하였다.

"친구는 이렇게 쓰다듬어 주고 예뻐해 주는 거야. 알겠어?"

"꺄하하하!"

아린은 카미엘이 머리를 쓰다듬자 기분이 좋아서 박수를 치며 웃었다.

그는 부모가 부재함에도 불구하고 이렇게 잘 웃는 아린이 너무나 고마웠다.

카미엘은 다시 아린을 마당에 내려놓았다.

"잘 노는군그래. 살면서 이런 일도 있고 저런 일고 있고 뭐 그런 법이지. 됐어. 쌍둥이가 조금 더 크면 이런 일은 벌이지 않겠지, 뭐."

"그래요. 사건 사고도 없이 큰다는 것은 말도 안 되는 얘기에요. 자연스러운 일이라고 생각해요."

"맞습니다."

그는 놓은 숟가락을 다시 잡았다.

"김치찌개가 좋군요! 역시 아름 씨의 솜씨는 남다르다니까!"

"고마워요. 매번 이렇게 맛있게 먹어줘서."

이미 두 사람은 마음이 풀린 것 같았지만 리나는 여전히 분노를 주체하기 어려운 모양이다.

"…그 여자, 내가 언젠가는 아주 작살을 내놓을 거야! 반드시!"

"참아. 다른 사람도 아니고 네가 나서면 어디 그 사람이 살아 있기나 하겠어?"

"젠장, 그런 여자는 좀 당해도 싸다고! 아저씨는 왜 이렇게 물러 터졌어? 싸울 땐 안 그렇던데."

"그거야 놈들은 목숨을 잃어야 할 이유가 분명하니까. 하지만 저 여자는 일반 시민이잖아. 세금 내고 법규를 어느 정도 지키면서 사는 사람이라고. 선량하다고까지 말하긴 좀 그렇지만 내가 지켜야 할 시민인 것은 확실해. 네가 지켜야 할 사람이기도 하고."

"흥! 그딴 소리가 다 무슨 소용이야? 저렇게 싸가지가 없는데!"

"그래도 참아. 참는 게 이기는 거야. 사회생활에선 그게 통할 때도 있어."

"평생 그렇게 사쇼. 착하게!"

말을 맺은 그녀는 화가 단단히 난 듯 전투적으로 밥을 먹어 치웠다.

달그락달그락!

김치찌개에 밥 한 공기를 뚝딱 해치운 그녀는 밥그릇을 내밀었다.

"한 그릇 더!"

"호호, 오늘도 잘 드시네요. 많이 먹어요."

"열받는데 밥이라도 많이 먹어야지!"

"그래요. 많이 드세요."

조금 정신이 없는 하루였으나 카미엘은 그럭저럭 넘어간 오늘 하루에 감사했다.

＊　　　　＊　　　　＊

이른 아침부터 삼척시청이 시끄럽다.

"시장 나와!"

"왜, 왜 이러세요? 정말 이러시면 안 된다고요."

"안 되는 것이 어디 있어?! 내 아들이 보육 시설에서 맞고 들어왔다고! 이게 지금 말이 되는 소리냐고?!"

"저희들도 사태 파악을 한 상태입니다만, 들어보니 성욱이가 잘못한 부분이 분명히 있습니다. 보육교사들이 증언한 바에 의하면 성욱이는 더 이상 공공시설의 혜택을 받을 자격을 상실할 수 있어요. 이건 법적으로도 전혀 문제가 없는 사안이라니까요?"

"아니, 내가 지금까지 한 말을 뭐로 들은 거야?! 맞았다고! 맞았다니까?!"

"예, 알아요. 하지만 피해 유아들의 부모님도 생각을 하셔야지요."

"씨발, 진짜 사람 돌아버리는 꼴을 봐야 속이 시원하겠어?!"

"휴우……."

식전 댓바람부터 난리 법석을 떠는 성욱이 엄마 조혜림 탓에 시청 직원들은 난색을 표하고 있었다.

때마침 출근한 시장 유민중이 그녀에게 사정을 물었다.

"무슨 일이십니까?"

"오호, 당신이 시장이지?!"

"예, 그렇습니다만."

"보육 시설에서 내 아들이 구타를 당했다고! 이 얼굴을 좀 봐!"

그는 조혜림이 데리고 온 성욱의 얼굴을 이리저리 살펴보곤 짐짓 심각한 표정이 되었다.

"으음, 정말 그렇군요. 누가 그런 겁니까?"

"같은 원생이 그랬다고! 같은 원생이 내 아들을 폭행했는데도 퇴출당한 사람은 정작 우리 아들이라고! 이게 말이 되는 소리야?!"

시장이 직원들을 바라보자 행정지원과장이 직접 그에게 다가와 사정을 설명하였다.

그는 CCTV로 확인된 사안들에 대해 말해주곤 보육교사들의 증언까지 덧붙여 주었다.

사정 청취가 끝난 시장은 일단 그녀를 시장실로 안내하였다.

"여기서 이럴 것이 아니고 들어가서 얘기하시죠."

"그래요!"

씩씩거리며 시장실로 들어선 그녀는 자리에 앉자마자 두 다리를 쩍 벌리고 앉아 담배부터 꺼내 들었다.

"후우, 열받아!"

아이가 바로 앞에 있는데 담배라니, 그의 표정이 썩 좋지 못하다.

"어머님, 화가 나신 것은 이해합니다만 아이 앞에서 담배는 좋지 않은 듯합니다. 더군다나 이곳은 금연 구역이고요."

"이런 씨발! 내 주둥이로 담배를 피우겠다는데 당신이 무슨 자격으로 이래라저래라 하는 거야?! 진짜 고소 한번 제대로 먹여줘?"

처음엔 타이르듯 말하던 유민중도 더 이상은 좋은 말이 나오지 않았다.

"이보세요, 아주머니. 이렇게 성질을 부린다고 해서 법적으로 문제가 있는 일이 해결되지는 않습니다."

"뭐요?! 법적?!"

"그래요. 아드님이 사고를 친 것은 누가 뭐라고 해도 사실입니다. 그 부분에 대해선 인정하시죠?"

"아니, 내가 왜?!"

"증거들이 다 있습니다. 증거와 교사들의 증언이 아드님의 문제를 사실로 지목하고 있는데 발뺌하신다면 저희들도 하는 수 없습니다. 경찰을 부르는 수밖에요."

"경찰? 지금 경찰이라고 했어?! 이런 씨발, 민중의 지팡이가 아주 봉이지? 뭐라고 말만 꺼내면 경찰을 부른다고 지랄들이야!"

"부를 만하니까 부르는 겁니다. 요즘 세상에 누가 공공 기관에서 그렇게 욕설을 퍼부으며 난리를 피웁니까? 이것도 엄연한 업무방해에 인격 모독에 해당됩니다. 반대로 한번 생각해 보시죠. 그동안 공공 보육 시설에서 생활하면서 아이가 수많은 원아들에게 상해를 입혔습니다. 그들이 전부 고소한다고 생각해 보세요. 일이 어떻게 되겠습니까?"

"…뭐?"

"사실 그 집에서도 아이가 지속적인 괴롭힘을 받았다는 증거를 가지고 있습니다. 그것은 CCTV 화면과 몸에 고스란히 남아 있지요. 만약 병원에 가서 아이가 받은 신체적 피해와 정신적 피해 보상을 요구하는 진단서를 받아오면 일은 쉽게 마무리될 겁니다."

"쉽게 마무리돼? 돈이면 다 된다는 거야?!"

"아니요. 그 집이 재정적으로 좀 부유한 것은 사실입니다. 그런 것들을 다 떠나서 법적으로 구타의 증거가 있다면 문제가 된다는 거죠."

"쳇, 애들끼리 싸운 것을 가지고 무슨 법적인 문제?"

"그렇다면 댁의 아드님의 경우엔요?"

"그건 좀 문제가 다르지!"

유민중은 더 이상 얘기를 들을 가치가 없다고 판단하였다.

"좋습니다. 그럼 경찰서로 가시죠. 경찰서로 가서 잘잘못을 따지고 고소에 고소를 한번 해봅시다. 아린이라는 아이가 댁의 아드님을 구타한 것은 사실이니 그 사실에 대한 손해배상을 청구하고 반대로 아드님께서 가해한 유아들에 대한 피해 보상은 따로 얘기하시지요. 어때요? 이 정도면 얘기가 잘 풀린 것인가요?"

"……"

"저쪽 부모들에게도 자식은 금쪽같습니다. 이 세상에 자기 새끼 안 귀한 사람이 어디 있겠어요? 그런데 이렇게 신경질적이고 막무가내로 나온다면 저희들도 답이 없습니다. 법적으로 조치하는 수밖에요."

그녀는 더 이상 자신의 난리부르스가 먹히지 않는다는 것을 인지했는지 이내 자리를 박차고 일어섰다.

"이런 씨발! 다 꺼져! 언젠가는 크게 후회하게 될 날이 올 거야!"

그녀는 성욱이를 안고 시장실을 나섰다.

콰앙!

있는 힘껏 문을 열어젖히고 밖으로 나간 그녀를 바라보며 유민중이 읊조리듯 말했다.

"성질 참……."

"시장님, 어떻게 되었습니까?"

직원들이 다가오자 그는 실소를 흘리며 답했다.

"답이 없는 여자군요. 유아가 맞은 것은 사실이지만 그로 인해 불거진 퇴출 문제를 이런 식으로 풀어나가려 하다니. 차라리 경찰서에서 처리하는 것이 빠르겠습니다."

"그러게 말입니다."

"그나저나 김두이 씨는 뭐랍니까?"

"자기의 부주의로 일어난 일이니 법적인 문제가 있다면 기꺼이 책임을 지겠다고 합니다."

"흠, 그래요?"

"아무튼 법적으로 가면 분명 아린이가 때린 것은 맞으니까 일부 손해배상 명령이 떨어질 겁니다. 하지만 성욱이가 지속적으로 폭력을 가한 것도 사실이니 그에 대한 배상이 훨씬 더 크겠지요."

"이러나저러나 결국은 진흙탕 싸움이에요. 잘못한 부분이 있으면 그것을 인정해야 일이 풀릴 텐데 저건 아무래도 말이 안 되는 일이잖아요?"

"아무튼 법적으로 걸고넘어지면 어쩌죠?"

"어쩌긴요. 그냥 법대로 합시다. 그곳에서 퇴출을 당한 것은 법적으로 문제가 없어요. 한마디로 학교에서 사고를 쳐서 퇴학을 당한 것이나 마찬가지입니다. 그런데 우리가 무슨 권한으로 그걸 처리해 줘요?"

"그건 그러네요."

"아무튼 간에 더 이상 신경 쓰지 말고 다들 업무에 집중하세요."

"알겠습니다."

유민중도 두 아들과 딸의 아버지다.

자기가 낳은 자식이 소중하다는 것은 너무나도 잘 알고 있지만 그래도 저렇게 안하무인으로 달려드는 것은 도무지 이해를 할 수가 없었다.

"아들이 도대체 뭘 보고 배우겠어?"

그는 한심함에 고개를 가로저었다.

　　　　*　　　　　*　　　　　*

　유흥이라는 단어와는 거리가 먼 삼척이지만 한때는 바다의
큰손들이 많이 오가던 도시이니만큼 그 잔재가 조금이나마 남
아 있었다.

　사라져 가는 삼척의 유흥가이지만 그래도 돌아가는 현금의
규모는 생각보다 많은 편이었다.

　조혜림은 삼척의 유흥가를 주름잡는 큰손으로서 어지간한
유흥 주점, 노래주점에 투자금이 들어가 있는 상태였다.

　삼척에서 가장 큰 주점들은 그녀의 소유였고, 나머지 주점들
의 경우엔 평균 20%에서 30%의 투자금을 넣어놓았다.

　그러니 돌아가는 현금의 규모도 꽤 되고 건달이나 유흥 주
점 사장들을 꽉 잡고 있었다.

　타악!

　유흥 주점 '청란'의 VIP룸에 앉은 그녀는 분이 풀리지 않는
듯 술잔에 울분을 담아냈다.

　"젠장! 이게 무슨 근본도 없는 경우야?!"

　"누님, 그냥 좋게 해결하시죠. 어른들의 싸움에 비춰보아도
이번 경우는 쌍방 합의를 보는 것이 맞습니다. 그동안 성욱이가
때린 아이들이 꽤 된다면서요?"

　"그거야 그년들의 주장이지! 그년들이 때렸을지 우리 성욱이

가 때렸을지 어떻게 알아?!"

"CCTV가 보고 있었다고 하잖습니까. 이건 사실 유무를 떠나서 상황이 불리하게 돌아간다는 소리입니다."

"젠장, 그놈의 증거!"

"아무튼 성욱이를 봐서라도 누님이 좀 참으시지요."

조혜림은 고개를 내저었다.

"아니, 그렇게는 못 하겠어. 제기랄, 이대로 참고 지나가면 다들 나를 좆밥으로 볼 것 아니야?"

삼척 물곰파의 행동대장 이지웅은 그녀의 성격을 누구보다 잘 아는 바, 더 이상 일이 커지기 전에 마무리 지으려 했다.

"에이, 누님. 그렇게까지 비약하실 것은 없지요. 이 바닥에서 누님이 가진 파워가 얼마나 센지 아는 사람은 다 아는데 무슨 그런 말씀을 하십니까?"

"제기랄! 그러면 뭐해! 모르는 놈들은 모르는데! 안 되겠어! 내가 직접 나서야지!"

그녀는 이지웅에게 흰색 봉투를 건넸다.

봉투는 꽤 두툼해서 만약 돈이 들어 있다면 그 금액이 적지 않을 것이다.

이지웅은 난색을 표했다.

"누, 누님……."

"네가 나서줘야겠다. 가서 그 할애비라는 자식을 쥐어 패서 내 앞으로 끌고 와. 그럼 내가 이 돈 다 주고 이번 달 이자도 다 까줄게."

"아아, 정말 왜 이러십니까?"

"싫어? 싫으면 이 달 안에 빚을 다 갚든지."

그녀는 건달과 술집 아가씨들에게 사채를 돌려 큰돈을 만진 사람이라 동종 업계에 있으면서 빚을 안 진 사람을 찾아보기가 더 힘들었다.

그런 그녀의 한마디에 움직이지 않을 사람은 그리 많지 않았다.

하는 수 없이 이지웅은 그녀의 돈을 받았다.

"정말 이러고 싶지는 않습니다만, 누님의 말씀이니까 따르는 겁니다. 다른 사람 같았으면 그냥 방을 나가 버렸을 겁니다."

"후후, 그래야지. 내가 너희들 힘들 때 얼마나 많이 도와줬어? 네 형님도 나에게 끌어다 쓴 돈으로 지금의 이 조직을 일군 것 아니야?"

이지웅은 자신의 큰형님이자 조직의 보스이던 조필규를 떠올리곤 학을 뗐다.

삼척 해신파 하면 동해안에선 알아주는 조직이었지만 조필규가 현금을 다 챙겨서 내빼는 바람에 지금 해신파는 공중분해되어 그 흔적을 찾기가 힘들었다.

그나마 이지웅과 뜻을 함께한 부두목 최혜명이 중심을 잡고 다시 조직을 일으켜 물곰파를 세운 덕분에 지금까지 버틸 수 있었던 것이다.

그는 조필규라는 소리를 듣자마자 고개를 가로저었다.

"그딴 개자식 얘기는 하지 마십시오. 아주 치가 떨리니까."

"으음, 그래. 그 새끼가 아주 개새끼는 개새끼지."

"…아무튼 간에 놈을 작살내면 되는 것이지요?"

"같이 붙어 다니는 갈보 같은 년도 같이 쥐어 패버려. 새끼들이 보는 앞에서 말이야."

"아, 아이들이 보는 앞에서 말입니까?"

"왜? 싫어?"

그는 떨떠름한 입맛을 목구멍 안으로 쑥 밀어 넣었다.

"알겠습니다. 그렇게 하지요. 돈값은 해야 하니까요."

"그래, 그래야 물곰파지."

요즘 물곰파는 돈이 되는 일이라면 사람까지 팔아먹는 곳이니 못 할 것이라곤 자신의 장기를 내다 파는 것뿐이었다.

그녀는 사진 한 장을 꺼내어 내밀었다.

사진 속에는 활짝 웃고 있는 네 명의 가족이 들어 있었다.

"두 연놈이 부부는 아닌 것 같은데 매일 붙어 다녀. 같이 사는 모양이긴 한데 부부의 느낌은 아니란 말이지. 아무튼 산에 항상 붙어 다니니 족치기가 아주 수월할 거야. 저녁이면 아이들을 맡겼다가 데리러 간다니 그때에 맞춰 족치라고."

"알겠습니다. 기왕지사 족치는 김에 아주 반병신을 만들어 버리겠습니다."

"그래, 이제야 말이 좀 통하네."

조혜림이 이지웅에게 손짓했다.

"착한 일을 해줄 테니 상을 줘야지?"

"사, 상이요?"

"왜? 싫어?"

이지웅은 조혜림과 이따금 성관계를 맺곤 했는데 그 성욕이 만만치가 않아서 아무리 잠자리에서 날고 긴다는 이지웅이라고 해도 감당하기가 벅찼다.

원래 운동 광이던 이지웅은 건달 생활을 하면서 하루도 거르지 않고 두 시간씩 피땀이 흐르도록 운동을 해왔지만 요즘엔 영 몸이 허한 것을 느꼈다.

'제기랄, 또 기가 쭉 빨리겠군.'

최혜명이 조직을 세울 때 이지웅 역시 지분을 넣었기 때문에 그의 개인적인 빚도 그리 적은 편이 아니었다.

동해, 강릉 지역에 룸살롱을 차리면서 들어간 돈이 상당했기에 그녀가 하는 말은 거의 법이라고 볼 수 있었다.

싫어도 그녀가 시키면 충성을 다해 자신의 물건을 희생시키는 것이 이지웅이 할 수 있는 최선이었다.

그는 화끈하게 웃통을 벗어 던졌다.

화락!

그러자 군살 하나 없는 이지웅의 매끈한 몸이 드러난다.

그녀는 이지웅의 잘 다져진 몸을 타고 전신에 수놓아진 문신을 볼 때마다 마치 발정 난 암캐처럼 흥분하곤 했다.

"하악, 하악! 어서 들어와!"

"예, 누님!"

"누님이라니, 자기라고 불러야지!"

"알았어, 자기야!"

"으음, 좋아!"

이지웅은 속으로 눈물을 한 방울 또르르 흘려냈다.

'이런 씨발, 내가 서러워서 빨리 돈을 갚던가 해야지.'

그는 오늘도 역시 돈의 노예가 되어 조혜림의 온몸을 정성스럽게 애무하였다.

*　　　　*　　　　*

성욱이라는 아이 한 명 때문에 한바탕 소동이 일어난 공공보육원에 어느덧 평화가 찾아왔다.

아이들은 친구들과 어울러 놀면서 행복을 느끼고 비교적 여유로워진 교사들은 조금 더 집중해서 아이들을 돌볼 수 있게 되었다.

결과적으로 보았을 때 성욱이 한 명이 없어지면서 모두가 행복해진 셈이다.

요즘 부쩍 웃음이 많아진 쌍둥이를 데리러 가는 카미엘의 발걸음도 무척이나 가벼웠다.

그의 곁에 선 리나 역시 기쁘기는 마찬가지였다.

"하여간 그 여편네가 엿 먹었을 생각을 하니 아주 십 년 묵은 체증이 다 내려가네."

"하하, 그렇게 열받았었나?"

"당연한 것 아니야? 세상에 무슨 그런 미친년이 다 있어? 아주 복장이 터지는 줄 알았다니까!"

"그래, 그 여자가 좀 너무한 부분이 있기는 했지."

"부분? 아예 또라이였다니까!"

두 사람이 산비탈을 내려와 항구 도로로 내려가려는 찰나였다.

두런두런 얘기를 나누는 그들의 앞에 검은색 양복을 입은 사내들이 나타났다.

"그림 좋네. 뭐야? 애인 사이야? 아님 불륜?"

"무슨 개소리야?"

"아이들을 데리러 가는 모양이지?"

순간, 카미엘의 눈살이 절로 찌푸려졌다.

"…뭐 하는 새끼들이냐?"

"뭐 하는 새끼들이긴, 네놈들을 잡아 족치러 온 사람들이지."

카미엘은 그들의 신원에 대해 물었다.

"어디서 온 놈들이냐? 누가 보냈어?"

"그거야 곰곰이 생각해 보면 답이 나올 일이고, 아무튼 오늘 좀 맞고 좋은 곳으로 가자. 그러면 충분히 답이 될 거야."

리나는 자신들에게 원한을 품은 사람들 중에서 유독 한 사람의 얼굴이 떠올랐다.

"설마하니 그년이……."

"말조심해라. 그년이라니, 바다에 확 묻어버리는 수가 있어."

그녀는 키득키득 실소를 흘렸다.

"홋, 그런 미친년 밑에서 일하는 너희들의 수준도 알 만하구나."

"뭐라?"

"그래, 아무튼 간에 원하는 것이 뭐야?"

"원래는 너희 애새끼들이 보는 앞에서 두들겨 패 똥 싸게 만드는 것이 목표였는데 시간이 잘 안 맞았군. 뭐, 애새끼들은 나중에 우리가 찾아서 앞에다 데려다 놓으면 그만이니 지금은 그냥 이대로 족치기로 하지."

카미엘은 고개를 가로저었다.

"후우, 정말 죽고 싶어서 환장한 사람들이 왜 이렇게 많은 거야? 이봐, 너희들, 진짜 이게 옳은 일이라고 생각하는 건 아니겠지?"

"이 세상에 옳고 그름을 판단하는 것은 나 자신이다. 내가 하는 일이 잘못되었든 잘 되었든 간에 그건 네가 판단할 문제가 아니라는 소리지."

"으음, 그래?"

"아무튼 오늘 좀 맞자. 맞고 나서 우리 누님께 용서를 빌어. 그럼 혹시 아냐? 다리 한쪽은 멀쩡히 놓아두실지 말이야."

"그런 미친년 밑구멍이나 핥는 네놈을 보고 있자니 한심해서 눈물이 다 나려고 하는군."

"…뭐야?"

카미엘은 리나에게 이들을 처리할 수 있는 아주 좋은 방법을 일러주었다.

"이봐, 리나. 그냥 죽이면 좀 싱거우니까 적당히 가지고 놀다가 죽여줘. 이를테면 몬스터를 데리고 온다든지 뭐 그런 것?"

"아아, 그런 방법이 있었지?"

"아무튼 간에 나는 먼저 간다. 처리 좀 부탁해."

"걱정하지 마. 아주 꿈속에서도 경기를 일으키도록 만들어줄 테니까."

"지금 뭐라고 지껄이는 거야? 이 미친년이……!"

그녀는 자신의 심장에 응축되어 있는 마나를 폭발시켰다.

크그그그그그!

그러자 그녀의 몸이 서서히 부풀면서 점점 거대한 덩어리로 변해갔다.

건달들은 도대체 이게 무슨 상황인지 이해를 할 수 없었다.

"저, 저게 뭐야?! 저년, 인간이 아닌 건가?!"

"설마……!"

마침내 부풀 만큼 부푼 덩어리가 터지면서 그 안에서 거대한 앞발을 가진 괴물이 튀어나왔다.

푸하아아악!

찐득찐득하고 축축한 진액이 흘러나온 껍데기 사이로 괴물이 슬금슬금 걸어 나오기 시작했다.

크르르르릉!

몸길이 10미터에 근육질의 몸통을 가진 괴물의 앞발에는 세 쌍의 거대한 칼날이 달려 있었다.

크기는 작지만 그들의 눈앞에 서 있는 것은 분명 자이언트 사우르스였다.

"허, 허억! 이런 씨발! 저게 도대체 뭐야?!"

"신고해! 어서 경찰에 신고하란 말이야!"

서둘러 경찰에 신고를 하려 해봤지만 이미 핸드폰은 먹통이 된 후였다.

─통화 지역을 이탈했습니다.

"뭐, 뭐야?!"

크르르르르릉!

쿵, 쿵, 쿵!

대지를 울리는 자이언트 사우르스의 발자국 소리에 건달들
은 그 자리에 꼼짝없이 굳어 노랗고 뜨거운 액체를 흘려냈다.

쉬이이이이.

자이언트 사우르스가 그 모습을 보며 키득거렸다.

─클큭, 병신들이군. 너희들 같은 병신들이 있어서 내가 이렇
게 웃으며 산다.

"사, 사람?!"

─아아, 내가 사람이라는 것을 알았으니 살려둘 수는 없겠
군. 그럼 저승에서 너희들끼리 세세세나 하면서 잘 놀기 바란
다. 안녕!

그녀의 거대한 앞발이 건달들을 향했다.

부웅!

*　　　　　*　　　　　*

늦은 밤까지 모텔에 있다가 나온 이지웅은 한차례 빈혈을 느
끼곤 휘청거렸다.

피잉!

"으윽!"

어제부터 무려 열다섯 번의 성교를 가진 이지웅은 여자라면 이젠 쳐다보기도 싫을 지경이었다.

원하지 않는 성관계를 지속한다는 것만으로도 죽을 지경인데 하루에 열다섯 번이라니, 그는 스트레스로 인해 머리가 깨져 버릴 것 같았다.

"제기랄, 그년을 죽이고 나도 죽든지 해야지 이게 무슨 지랄이야? 내가 무슨 섹스머신도 아니고."

공허한 마음을 달래기 위해 담배를 찾았지만 그의 주머니에는 라이터밖에 들어 있지 않았다.

아무래도 열다섯 번의 성교를 치르는 동안 담배를 다 피워 버린 것 같았다.

잠도 못 자서 입도 까끌까끌하고 다리에 힘도 없어 담배마저 없다면 금방이라도 쓰러질 것 같은 느낌이 들었다.

그는 비틀거리는 느낌으로 편의점을 찾았다.

"담배 한 갑 줘."

"네, 알겠어요."

편의점 아르바이트생은 매번 담배를 사러 오는 이지웅의 취향을 이미 간파하고 있었다.

척하면 척, 그녀는 귀여운 미소와 함께 담배를 내밀었다.

"여기요. 그나저나 담배를 그렇게 많이 피우시면 어떻게 해요? 건강도 좀 생각하시죠?"

"걱정은 고맙다만 그럴 만한 일이 있어."

"그래요?"

"아무튼 이 아저씨는 간다. 장사 잘해라."

이지웅이 편의점 문을 열고 나가려는데 그녀가 한마디를 건넸다.

"그런데 아저씨, 꼭 아저씨라고 불러야 해요?"

"뭐?"

"오빠라고 부르면 안 돼요?"

순간, 이지웅이 슬그머니 미소를 지었다.

"참, 어린 녀석이 못 하는 소리가 없네. 오빠는 징그럽고 그냥 아저씨라고 불러."

"뭐, 아저씨도 나쁘지는 않네요. 그럼 잘 가요, 아저씨. 나중에 술 한잔해요."

"그래."

워낙 외모 쪽으론 타고난 이지웅이라서 어리든 늙었든 여자들이 사족을 못 쓰곤 했다.

하지만 그 외모 때문에 지금 겪고 있는 이 문제를 해결할 수도 없으니 아주 딱 죽을 맛이었다.

"제기랄, 성형수술을 하든 아랫도리를 수술하든 해버려야지 아주 죽겠군."

돈도 좋지만 자존심도 버리고 몸도 버리면서까지 이렇게 살수는 없겠다는 생각이 들었다.

그는 답답한 마음을 달래려 담배를 피워 물었다.

치익!

이제 막 담배에 불을 붙이려는데 그의 앞으로 한 여자가 다가왔다.

드르르륵.

그녀는 한 손에 사람을 거꾸로 붙잡은 채 그를 질질 끌고 오고 있었다.

순간, 이지웅은 꼬나문 담배를 스르르 떨어뜨리고 말았다.

"추, 충식이?!"

"으, 으으으……!"

온몸이 칼로 난도질을 당해 피를 철철 흘리는 그의 상태가 썩 좋아 보이지는 않았다.

이지웅은 당장 주머니에서 회칼을 꺼내 들었다.

스릉!

"이런 미친년이?!"

"어이, 건달 아저씨. 죽고 싶으면 곱게 죽어. 나 같은 또라이 사이코에게 난도질을 당해서 죽으면 아프지 않겠어?"

"뭐, 뭐라?"

그녀가 손을 뻗어 이지웅의 칼을 빼앗았다.

그리 빠르지도 않고 느리지도 않은 그녀의 손길에 칼을 빼앗길 때까지도 이지웅은 뭐가 어떻게 된 것인지 알 수가 없었다.

이런 경우를 보고 눈 뜨고 코 베였다고 하는 모양이다.

"어, 어라?"

"이딴 칼로 나를 죽일 수 있다고 생각했나?"

그녀는 티타늄이 섞인 회칼을 이빨로 잘근잘근 씹어먹었다.

우드드드득!

"어, 어어?"

"이렇게 씹어먹히고 싶지 않으면 알아서 행동해. 그리고 잘 한번 생각해 봐. 네가 그년에게 붙어먹으면서 얻는 것이 돈 말고 또 무엇이 있는지 말이야."

"……."

바닥에 충식을 쓰레기 버리듯 집어 던진 그녀는 아주 쿨하게 돌아섰다.

픽!

"으으으윽!"

"이놈, 충식아! 어쩌다 이렇게 된 것이냐?!"

"저, 저 여자가 몬스터를……."

"몬스터?"

"…아무튼 형님, 저 여자를 조심해야 합니다. 그 조가 년을 따라다녔다간 다 죽을 겁니다."

"알아듣게 얘기해!"

"쿨럭쿨럭!"

이지웅은 더 이상 안 되겠다 싶어서 그를 들쳐 업고 강원도 삼척의료원으로 내달리기 시작했다.

*   *   *

그날 밤, 삼척의료원에 중상 환자 20명이 응급실로 실려 왔다.

이지웅은 응급수술을 받기는 했지만 더 이상 정상인으로 되돌아가기 힘들 것이라는 소리를 들었다.

그는 쓰린 속을 달래기 위하여 담배를 피워 물었다.

"후우……."

연기를 한번 뿜어내고 나니 그제야 정신이 좀 드는 것 같았다.

이지웅은 자신을 따르던 동생들이 저렇게 난도질을 당한 것이 못내 마음에 걸렸다.

'젠장, 아무리 건달 짓 하다 칼 맞는 일이 허다하다곤 해도 이건 좀 아닌 것 같군.'

자신 스스로도 수많은 생사의 고비를 넘겨왔지만 지금 이 일은 문제가 달랐다.

돈 몇 푼 때문에 동생들이 억울하게 반병신으로 살아가게 된 것이다.

더군다나 돈을 쓴 여자가 원한 것은 자신들과는 상관도 없는 일반인이며 그 이유는 기가 막힐 지경이었다.

결국 그는 조혜림과의 절연을 다짐하였다.

그는 보스인 최혜명에게 전화를 걸었다.

"형님, 접니다."

─지웅이냐? 애들은 좀 어때?

"앞으로 사람 구실 하기 힘들 것 같습니다."

─그래?

"그래서 말인데, 그 조가 년과 인연을 끊으려 합니다."

─조혜림 말이냐?

"예, 형님. 이번 사건, 솔직히 제가 벌인 일입니다만 그 조가 년이 돈으로 장난을 쳤기 때문에 벌어진 일입니다. 더 이상 끌려다니다니 우리 꼴이 아주 우습게 되겠습니다."

최혜명은 결정을 내렸다.

─그래, 네가 그렇게 생각한다면 그렇게 해라.

"괜찮으시겠습니까?"

─그깟 돈 몇 푼 없다고 죽지 않는다. 우리가 지금 키워놓은

동해의 주점 몇 개만 정리하면 원금은 갚을 수 있을 거야. 법적으로 문제 될 것 없다.

"감사합니다. 제가 더 잘하겠습니다, 형님."

—그런 소리 말아라. 한 식구끼리 무슨. 아무튼 일 처리 잘해라. 나중에 뒤탈 없도록.

"예, 알겠습니다."

전화를 끊은 이지웅은 차에서 회칼 하나를 꺼내서 그녀의 집으로 향했다.

*   *   *

바로 어제 있던 이지웅과의 뜨거운 정사 덕분에 기운을 되찾은 조혜림은 더욱 힘을 내서 음주가무에 힘을 쏟았다.

찰랑, 찰랑, 찰랑!

"아싸, 좋다!"

탬버린 흔드는 소리와 노래방 기계 소리가 가득한 주점에는 인터넷으로 구한 젊은 남자들이 줄줄이 늘어서 있었다.

그들은 오로지 조혜림 한 사람을 즐겁게 하기 위하여 춤을 추고 노래하며 옷까지 벗어 던졌다.

심지어 음부를 내어놓고 흔들기까지 하는 그들에게 조혜림은 현금을 꺼내 뿌렸다.

"자, 먹어라!"

촤락!

하늘에서 눈이 오듯이 떨어져 내리는 돈을 잡기 위해 벌거벗은 젊은이들이 미친 듯이 달려들었다.

"오오! 감사합니다!"

"놀아! 더 놀라고!"

"충성을 다하겠습니다!"

"지금부터는 제일 잘 노는 놈에게 돈을 줄 거야. 그러니 목숨 내놓고 놀아보라고."

"예, 누님!"

이제 막 스무 살이 된 청년들부터 고등학생, 심지어는 이제 중3이 된 소년들까지 가득한 이곳은 그야말로 아수라장이었다.

돈에 대한 관념도 없고 그저 주는 돈이 많아서 이곳까지 온 그들은 아무것도 모르고 시키는 대로 몸을 바쳤다.

그녀는 이 광경이 몸서리치게 좋았다.

"오호호, 놀아! 더 즐겁게 해보라고!"

"예!"

바로 그때였다.

콰앙!

주점의 문이 열리며 검은색 양복을 입은 건장한 체구의 20대

후반 청년이 들어왔다.

반나체의 청년들은 그의 정체가 무엇인지 단박에 알아보았다.

"무, 물곰?!"

"…내가 네놈들 친구냐? 물곰?"

강원도 삼척의 물곰파는 보스의 별명 때문에 붙은 이름이 아니라 그 행동대장이 워낙 유명했기 때문에 붙은 이름이었다.

물곰 이지웅은 원래 칼을 잘 쓰고 손속이 잔악하기로 유명했다.

그의 손에 한번 걸리면 물곰처럼 흐물흐물해진다고 해서 별명이 물곰이었다.

이지웅의 또 다른 별명은 막회였다. 사람을 막회처럼 썬다고 붙은 것이다.

양쪽 어느 것이라도 그의 별명이 붙은 이유는 무지막지했다.

"뒈지기 싫으면 다 나가라."

"아, 알겠습니다!"

옷도 제대로 챙겨 입지 못하고 헐레벌떡 뛰어나가는 그들에게 이지웅이 덧붙여 말했다.

"이제부터 삼척에서 뛰는 핏덩이 새끼들, 한 번만 더 걸리면 다리몽둥이를 부러뜨릴 것이다. 알겠어?"

"예, 예!"

"어디서 학생이라는 새끼들이 여자 가랑이나 핥고 있어?"

남자들이 썰물처럼 빠져나간 방에는 지독한 술 냄새와 담배 연기만이 자욱했다.

이런 공허함이 싫어서 남자들을 불러 놀던 그녀가 축 늘어진 어투로 물었다.

"…뭐야? 죽고 싶어서 환장했어?"

"이제 그만합시다. 이게 뭐 하는 짓입니까? 아직 머리에 피도 안 마른 새끼들 데려다가 난봉질에 생쇼를 다 하고."

"이 새끼가?!"

그녀는 자신의 앞에 있는 재떨이를 집어 그의 이마에 던져 버렸다.

퍼억!

이지웅은 재떨이를 피하지 않고 그냥 맞도록 내버려 두었다.

잘생긴 이지웅의 이마에서 피가 주르륵 흘러내리자 그녀가 기겁하여 자리에서 일어섰다.

"아, 안 돼!"

이지웅은 자신에게로 달려오는 그녀를 발로 차버렸다.

퍽!

"꺄아악!"

"이런 씨발, 더러우니까 달려들지 마. 아주 회칼로 확 썰어버릴까 보다."

이지웅의 눈빛은 지금까지 그가 그녀를 바라보던 사랑의 눈빛이 아니었다.

순식간에 돌변해 버린 이지웅에게 그녀가 물었다.

"왜, 왜 이래? 우리 좋았잖아?"

"씨발, 그래. 나도 네년에게서 받은 돈을 즐겼어. 하지만 더는 아니다. 이제는 네 더럽고 냄새나는 전복을 만지작거리지 않을 것이란 말이다."

"…뭐야?!"

"남자를 동네 슈퍼 소시지보다 못하게 여기는 네년에게 해줄 말은 이게 전부다."

그는 그녀의 머리카락을 뭉텅이로 잡고 그것을 칼로 확 잘라버렸다.

슥삭!

"이, 이런 미친 새끼가!"

"네년이 재떨이로 내 대가리를 때렸으니 머리는 좀 잘라도 되겠지. 이 정도 잘랐다고 뒈지지는 않으니 발광은 하지 않는 것이 좋아."

이지웅은 차갑고 낮게 가라앉은 목소리로 말했다.

"…그리고 말이야, 넌 내가 건달이라는 것을 잠깐 잊은 모양이야. 내가 수틀리면 네 애새끼고 뭐고 다 뒈지는 수가 있어. 절대로 잊지 마. 나는 한번 빚진 것은 죽어도 못 잊는 사람이니까."

"……."

"다시 한 번 내 앞에서 얼쩡거리다 걸리면 네 가게고 뭐고 다 털어버리겠어. 잊지 마라. 뒷골목을 움직이는 돈이 전부가 아니라는 것을."

그는 미련 없이 돌아섰다.

*   *   *

늦은 밤, 이지웅이 늘 가던 편의점에 들러 컵라면에 소주를 마시고 있다.

꿀꺽!

"크흐, 쓰다! 이런 씨발, 내가 미쳤지."

더 이상 앞날을 내다볼 수 없어서 한 짓이었지만 너무 성급한 것은 아니었나 싶은 이지웅이다.

앞으로 그 많은 돈을 다 어떻게 갚을지 눈앞이 캄캄해졌다.

그런 그의 앞에 핫바 하나가 스윽 다가왔다.

"먹어요."

"……?"

"아저씨 혼자서 소주 마시면 처량해 보여요. 그러니 이거라도 좀 먹으라고요."

편의점 알바생이 준 핫바를 보고 있자니 자신도 모르게 웃음이 나는 이지웅이다.

"참 나, 내가 꼬맹이에게 별걸 다 받아보네."

"왜요? 핫바가 별거인가요?"

그는 알바생의 얼굴을 손으로 살짝 꼬집었다.

쭈우욱!

"오오, 많이 늘어나는데? 탄력이 좋아."

"그럼요. 이제 막 스무 살인데."

그녀는 이지웅과 마주 앉았다.

동글동글한 얼굴과 커다란 눈, 그리고 오뚝하고 아담한 코가 매력적이다.

"야."

"네?"

"너는 내가 왜 좋냐?"

"몰라요. 그딴 게 중요해요?"

"응. 나는 중요해."

"글쎄요? 잘생겨서?"

"내가 건달이라는 것은 알고 있냐?"

"알아요. 이 근방에 있으면 다들 아저씨 얘기밖에 안 하니까요."

"그런데도 좋아?"

"네."

이지웅은 고개를 가로저었다.

"아서라. 난 이제 여자라면 아주 신물이 난다."

"……?"

"아무튼 잘 먹었다. 간다."

그녀는 자리에서 일어서는 이지웅을 붙잡았다.

"왜요? 그 아줌마가 그렇게 잘해요?"

"…뭐?"

"나도 자신 있어요. 한번 믿어봐요. 그런 쭈글탱이보단 나을 테니까."

이지웅은 황당하면서도 당돌한 그녀에게 매력을 느꼈다.

"어쭈? 자신 있어?"

"밑져야 본전."

그는 슬그머니 다시 자리에 앉았다.

"언제 끝나?"

"곧."

"기다리고 있으마."

인생은 파도, 이지웅은 고인 둑을 터뜨리니 이런 좋은 날도 오는가 싶었다.

'고인 물은 썩게 마련이지.'

그는 다시 기분이 좋아졌다.

『도시 마도사』 6권에 계속…

초대형 24시 만화방

신간 100%, 샤워실, 흡연실, 수면실(침대석), 커플석, 세탁기 완비

▪ 시흥 정왕25시점 ▪

경기 시흥시 정왕동 1742-13 미스터피자 건물 5층
031) 319-5629

▪ 강북 노원역점 ▪

서울 노원구 상계동 340-6 노원역 1번 출구 앞 3층
02) 951-8324 (화용빌딩 3층)

▪ 일산 정발산역점 ▪

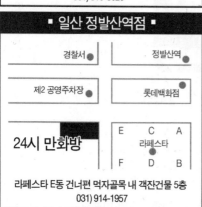

라페스타 E동 건너편 먹자골목 내 객잔건물 5층
031) 914-1957

▪ 일산 화정역점 ▪

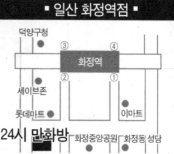

경기도 고양시 덕양구 화정동 984번지 서일빌딩 7층
031) 979-4874 (서일사우나 건물 7층)

▪ 부천 역곡역점 ▪

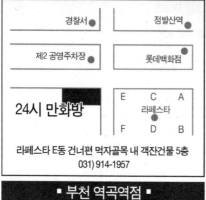

역곡남부역 기업은행 건물 3층
032) 665-5525

▪ 부평역점 ▪

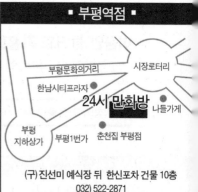

(구) 진선미 예식장 뒤 한신포차 건물 10층
032) 522-2871

FUSION FANTASTIC STORY

텀블러 장편소설

현대 천마록

천하를 호령하고, 전 무림을 통합한
일월신교의 교주 천하랑.
사람들은 그를 천마, 혹은 혈마대제라고 불렀다.

『현대 천마록』

무공의 끝은 불로불사가 되는 것이라 생각했지만
그로서도 자연의 섭리 앞에선 어쩔 수 없었다!

'그렇게 많은 피를 흘렸음에도 불구하고
죽을 때가 되니 남는 것이 없군그래.'

거듭된 고련 끝에 천하랑의 영혼이
존재하지 않게 된 그 순간
그의 영혼은 현세에서 천마로서 눈을 뜬다!

Book Publishing CHUNGEORAM

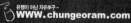

유행이 아닌 자유추구 -
WWW.chungeoram.com

이모탈 퓨전 판타지 소설
FUSION FANTASTIC STORY

용병들의 대지
Road of Mercenaries

이 세계엔 3개의 성역이 존재한다.
기사들의 성역, 에퀘스.
마법사들의 성역, 바벨의 탑.
그리고… 그들의 끊임없는 견제 속에 탄생하지 못한

『용병들의 대지』

전쟁터의 가장 밑을 뒹굴던 하급 용병 아론은
이차원의 자신을 살해하고 최강을 노릴 힘을 가지게 된다.

그의 앞으로 찾아온 새로운 인생!
아론은 전설로만 전해지던
용병들의 대지를 실현시킬 수 있을 것인가!

Book Publishing CHUNGEORAM

유통이 이긴 자유추구
WWW.chungeoram.com

GRAND SLAM

FUSION FANTASTIC STORY

자미소 장편소설

그랜드슬램

2016년의 대미를 장식할 최고의 스포츠 소설!!

Career record : 984W 26L
Career titles : 95
Highest ranking : No.1(387weeks)
Grand Slam Singles results : 23W
Paralympic medal record : Singles Gold(2012, 2016)

약 십 년여를 세계 최고로 군림한 천재 테니스 선수.
경기 내내 그의 몸을 지탱하고 있는 것은…… 휠체어였다.

『그랜드슬램』

휠체어 테니스계의 신, 이영석(32).
그는 정상의 자리에서도 끝없는 갈망에 사로잡혀 있었다.

"걷고 싶다, 뛰고 싶다. …날고 싶다!!"

**뛸 수 없던 천재 테니스 선수
그에게, 날개가 달렸다!!!**

Book Publishing CHUNGEORAM

유행이 아닌 자유추구 -
WWW. chungeoram.com

GAME BALL

게임볼 설경구 장편소설
FUSION FANTASTIC STORY

무명의 야구인이었던 남자,
우진이 펼치는 야구 감독으로서의 화려한 일대기!

『게임볼』

"이 멤버로 우승을 시키라고?"

가상 야구 게임,
게임볼을 통해 인생 역전을 꿈꾸는

한 남자의 뜨거운 행보에 주목하라!

Book Publishing CHUNGEORAM

유행이 아닌 자유추구 -
WWW.chungeoram.com